離開舒適圈之後
抵達成熟之前

一場奇幻的
海外職場大冒險

Jeff C. 著

自序：一場奇幻的海外職場大冒險

二〇二三年年底，我停不下來地打了三天的嗝。

開始的毫無徵兆。會議中當話說到一半時，我突然覺得胸口一緊，就「嗝、嗝、嗝」的打了起來。一開始天真地以為過陣子就會結束，沒想到身體像被人規律的捶打肚子一般，完全停不下來。即使試了各種方法，包括找人嚇我一跳、一次灌五百毫升的水，或是奇怪的偏方，例如「講出七個禿頭男的名字」，都只能讓打嗝的節奏中斷片刻，十分鐘後，所有的混亂又再度回歸，身體像是一台壞掉的機器人，無法控制地發出一些奇怪的噪音。

在經歷四十八小時令人尷尬且難以入眠的打嗝馬拉松後，我終於決定去醫院就醫。

醫生聽完症狀後，很快地做出了結論：「你這應該是神經失調或受損，我開修復的藥給你，記得只能吃四分之一顆，好了就不能再吃。」醫生的語氣讓我感到緊張，有點像在美國唸書時，總會有同學丟出一包來路不明的藥丸，並囑咐大家只能吃半顆，不然會發生「不得了的事情」。

除了好奇醫生開的藥是否對身體有害，更多的疑惑是，自己到底做了什麼？竟然連神經都開始受損？果然是跟神經病共事久了，神經也會開始生病。

職業生涯走了十年，回想最初自己連「投資銀行」是什麼都不知道；懵懂的少年，聽不懂同學口中的「Bulge Bracket（大型投資銀行）、M&A（企業併購）」是什麼，卻還是跟著同學一起申請同樣的實習機會，最後陰錯陽差，幾乎是毫無準備地，踏入了這個別人眼中光彩熠熠的世界。

十年間，體驗了在香港投行工作無數個不眠的夜晚；日本選戰清晨刺骨的寒風與熱情善良的選民；有時無邏輯卻又無比坦率、好惡分明的法國人，還有崇尚強者，同時奉行利己主義的美國職場。在目睹了職場中各種起起伏伏、光怪陸離後，就算再固執地想保持少年的身分，也不得不帶著一點不甘願的情緒，變成一個大人。

變成大人後，除了腰會開始痠痛，到太暗的餐廳需要開手電筒才能看得清楚菜單外，也學到很多事情。比如好事不會隨便發生，因為天上不會掉餡餅，只會掉陷阱，遇到任何不公也能游刃有餘，因為知道成人的世界，一半是理解，一半是算了。

青春時的旅程都是偉大的，而我感覺就像是被命運牽引著一般，經歷了一場奇幻的職場之旅。

現在身體早就無法像剛出社會時，像隨時準備送命一般毫無極限的工作，因為稍有不慎，就會連續幾天不停的打嗝。然而，我只想將過去十年間發生的一切記錄下來，讓閱讀這些故事的人能夠體驗那些對我來說非常珍貴的瞬間：有歡笑、溫暖，也有寂寞，以及一點點的傷感。

僅以此，致青春，致新鮮的肝，致每位在職場中，即使被神經病同事、老闆搞到神經生病，還是努力生活的大家。

Contents

法國人愛裝死

我有一個台大戲劇系的同學畢業後在美國念表演。

某天跟他聊天，我好奇詢問他美國表演到底在學什麼？值得他拋開在亞洲已經是劇團男主演的身分，窩在紐約東村體驗餐風露宿的生活。原本以為他會回答一些非常高難度的練習，像鬼上身之類的情境劇，沒想到他竟然跟我說：「練了一週的裝死。」

當時我想：「躺在地上不動，還需要去美國學嗎？」然而聽他詳細解釋完之後，我才知道，其實裝死也是一門博大精深、考驗演技的技術，不管是被車撞、自殺或是安詳地死去，都需要很複雜的演繹；因為魔鬼藏在細節裡，做得不到位，死得不透澈。

果然生活的經驗會讓人的靈魂逐漸厚實起來，我頓時感到自己是如此的淺薄，思想雖然已在朋友的提點後鬆動，但真正體會裝死的真諦，卻是在來到法國生活之後。

HEC巴黎高等商學院，法國永遠第一名的商學院，是我在法國的母校，也是我對法國所有認識的起點。

在還沒來到法國巴黎前，總是會對這個被海明威稱為「流動饗宴」的地方，帶著一點不切實際的想像。幻想著自己在法國的學生生活會與傳統的商學院生活不同，即使枯燥的金融數字、商學知識仍然不可避免，但伴隨其中的會是法國特有的浪漫。很難解釋是怎樣的浪漫，卻執著地認為一定會發生，就像與網友見面，對網友既不熟悉也不陌生，卻懷著毫無邏輯的美好幻想。

就這樣，心裡揣著說不清的情緒抵達了學校，第一次遇見了法國人口中宛若天之驕子的HEC學生。雖然法國發生了幾場近代歐洲最有影響力的社會主義革命，社會主義的精神卻不像一般人想像般地無所不在，至少法國的教育就保有了非常菁英化的大學校（Grand école）制度。

在高中畢業考之後，前百分之十的學生大部分會選擇進入預備校(préparatoire)就讀，經過據法國人表示兩年生不如死的求學生活後，會在通過各學校入學考試後正式成為大學校體系的學生。為什麼說HEC的學生是天之驕子呢？因為他／她們是在這個升學體制下披荊斬棘、脫穎而出的前三百名，而這個名次會像烙印一般深深地刻印在HEC學生未來十年的生活中，不論是社交圈或是職業生涯，「你排第幾名進HEC？」都會反覆被提起，彷彿一切的失敗和偉大，都在那一場入學考試中被定義完畢。

或許是申請學校的過程透支了他們所有念書的精力，入學後大部分的法國人對學術相關的事物顯得毫不在意，每週最重要的活動是週四晚上固定的派對PoW(Party of the Week)，這個派對的中文直譯為「每週派對」，實際的內容及運作卻遠不如名字一般隨意。為了在學校生活中就鎖定HEC學生的目光，每週的派對都會有法國知名企業贊助，學生的派對本來就瘋狂，有了資金後更是毫無底線，專業DJ及調酒師只是標準配備，重頭戲是小桌子上隨音樂舞動的脫衣舞孃／男，時間越晚，身上的衣服越少，緩慢地將氣氛帶至高潮。

每每在派對中被擠得水洩不通的時刻，我都會思考自己是身在歐洲第一名的商學院還是第一名的夜店？不過，久而久之我也漸漸習慣，週四夜晚結束後的隔天課堂，一定會是頭痛欲裂伴隨著反胃，教室中只剩下戰戰兢兢的國際學生，法國人都在宿舍裡休息，養足精神準備迎接週五、週六及週日不間斷的狂歡。

是的，法國人來HEC都是主修玩樂、副修交友，學校從上到下瀰漫著一股誰認真誰倒楣的氛圍，教授會因為法國同學的死纏爛打修改報告主題或調整考試時間，讓提前準備的國際學生集體錯愕；我們就像皇宮貴族們的陪讀，貴族子弟忙碌得很，各種社交活動排滿了行程，讀書只是生活延伸出的次要活動，只有他們排出時間後，我們的學習才得以繼續。

配合法國學生學習節奏並不困難，真正令人火大的是要與他們一起工作。

這些同學無疑是擁有天賦的；我的求學生涯經歷了台灣大學、東京大學及耶魯大學，每所學校的學生各有擅長，但HEC的學生絕對是平均起來最聰明的，而在察覺他們天賦異稟的當下，也會同時意識到他們的難搞，與HEC法國學生共事一次，就如同體驗一遍世人對法國人的所有刻板印象。

最先感受到的是傲慢，帶著一股「老子最跩，全部都聽我說」的態度，推翻所有人的想法。再來是散漫，雖然所有人都住在學校裡，也不要妄想他們會準時出現，就算出現了，也不會有任何準備，一臉老子還在宿醉，有什麼話快說，別浪費我時間的表情。然而，真正所謂「最極致的法式體驗」往往不是這麼簡單粗暴的難搞，而是充滿算計，感覺中立無害卻又無比具有攻擊性，一開始遇到時讓人如鯁在喉，不知如何反應，直到數個月後才能準確地定義它。

就是裝死。

在來到法國幾個月後，我開始暗暗地覺得：「我的媽呀，法國人也太會裝死了吧！」然而，我把這個想法憋在心裡，不敢告訴我那已在法國生活超過十年的姊姊，因為怕她覺得我很會抱怨，但後來實在到了不講就會內傷的程度，才故作輕鬆地問我姊：「那個，你不覺得法國人很愛裝死嗎？」

「對啊，超愛裝死，你現在才發現嗎？」我姊用一副在第一殯儀館工作二十年，看透屍體百態的神情回答我。得到姊姊的認同之後，我心裡簡直想吶喊，原來不是只有我這樣覺得，法國人真的太會裝死了！

其實我過去在台灣實習的時候，也是整個部門的人都在裝死。主管以為大家都生氣勃勃地在工作，實際上每個人都像殭屍一樣只有身體在動，甚至已經呈腦死狀態等待下班。但來到法國之後，才發現一般人裝死頂多做到讓別人覺得是一具斷氣的屍體，法國人一裝死起來是直接變成木乃伊，立刻可以被抬到大英博物館展出。

隨便舉一個法國人裝死的例子。我們學校在BNP開戶的人都有一個專門負責的專員，雖說是專屬於HEC，要打通專員電話的難度，就像有一個廣播節目說撥進專線就送江蕙演唱會門票一樣，完全打不進去。有一次我直接到專員工作的銀行，一邊緊盯著她一邊打她的專線，才發現專員只要聽到電話鈴聲響起，就會離開辦公室把門關起來，飄到別間辦公室與同事聊天，所以你要找她，不直接到銀行堵她不行。

不過，就算真的跟她本人面對面，也不一定可以解決問題。我有陣子一直沒辦法網路轉帳，去跟她講了幾次，她每次都是擺出一副「可以轉帳啊，你到底有什麼問題？」的表情，然後快速地使用銀行電腦幫我轉帳，我當時法文不好，很容易被她唬住，直到下一次需要網路轉帳時，才發現還是不行，極度崩潰。

法國人最厲害的就是，他們立場會非常堅定，堅定到你會覺得自己在無理取鬧。比如說申請實習需要成績單，我去找學校負責的人要成績單的英文檔，他忙了一會之後跟我說：「沒有英文的。」我想不可能，因為印象中有看過別的同學有英文成績單，這個時候法國人就會擺出一個很經典的表情：一臉厭煩，手掌向上搭配聳肩，看著你，然後用意念傳達：「就是沒有，不然你想怎樣？」

所以在法國的前幾個月，我一直覺得自己可能是瘋了。因為每次沒收到電子郵件去找法國人，對方都會信誓旦旦地告訴我已經寄了；或是我明明已經寄了三次出生證明申請房租補助，對方還是一直跟我說沒收到，讓我懷疑自己是使用瓶中信丟到海裡的方式寄出，明明是用掛號，到底是為什麼收不到？

後來熟悉法國文化的家人告訴我，跟法國人相處，就是Mind Game，一場意志力的對抗。當法國人很堅定時，你要比對方更堅定一百倍，要拋開真理，沒人在管事實是什麼。比如說你要法國人寄電子郵件，或是要英文成績單，如果對方說寄了但你沒看到，不管到底有沒有，就是要斬釘截鐵地說：「我沒收到！」總之，誰先讓對方覺得「可能是我瘋了吧，他講的沒錯」，就贏了。

另外，法國人裝死，你就跟著一起裝死就好。就像是突然來了一個殺人魔，其他的法國人早就倒在地上演戲了，你還站在那邊驚慌失措，找死嗎？所以，我也是很放心地跟著裝死。做小組報告，明明大家都已經分配好工作了，法國同學也同意了，但他就是會在發現自己的部分很麻煩後，立刻裝死，或是隔天傳一個訊息：「哈囉，我們來討論一下報告的分工吧！」硬是要假裝昨天的討論從沒發生。

這時唯一的應對是裝死，不讀不回，反正他也不可能完全不做。幾次後你會漸漸地發現，其實一開始裝死，人生就少了進退失據的窘迫，只感到輕鬆，多了很多時間品味人生，是一種拋開一切的法式浪漫。

如果哪天那個台大戲劇系的同學問我在法國學了什麼，我會跟他說：「跟你一樣，練了很久的裝死。」

他可能會覺得：「蛤？」

這個時候我就會告訴他，學會裝死實在是太重要了，裝死不是什麼都不管，只是手段，目的還是要達成。如何自己什麼都不做，卻什麼都完成了。

這是一門博大精深，考驗演技的技術。

有一種浪漫是在法國找實習

「一直以來，我都在同溫層活得太過舒適。」

第一次聽到有同學這樣說，雖然了解他的意思，但腦袋就是會浮現高中地科課本「平流層，又稱同溫層」這段文字，所以我總是把說出這句話的同學幻想成一架長程客機，所以才有辦法一直舒適地待在同溫層裡。後來「同溫層」這個說法開始被媒體廣泛使用後，我漸漸覺得「同溫層」三個字是滿精準的描述；很貼切地形容一種私人生活圈，那裡面的人不管是生活習慣、喜好、價值觀都非常相似，就像是待在空調溫度正合適的房間，做什麼都覺得舒服。

然而，在我到法國念書後，才發現同溫層並不一定都讓人舒適。我在台灣的同溫層大概是25度，同學之間很少有競爭的情況，一打開臉書，上面充滿了咖啡拉花，或是大眼怪抹茶冰淇淋的照片，同學們普遍過得悠閒自在。對比之下，我在歐洲的同溫層大概是250度，同學之間雖然都很熱情，但卻讓人壓力山大；一打開臉書，上面是倫敦高盛投資銀行部門的錄取信，或是去哈佛全球金融競賽拿第一名，一群人舉起獎盃的合照，是一個讓人每分每秒都產生存在焦慮的生活環境。

　　很多人都以為歐洲的學校生活步調緩慢，下課後的畫面是同學們坐在湖畔，一邊喝酒一邊聊天，宛如一群不問世事，用極度放鬆的姿態享受著青春歲月的少男少女。實際上，歐洲學校生活比台灣更緊繃數倍，同學下課後群聚的場所是圖書館，對成績在意的程度像生死攸關，成績出來如果不滿意，還會看到學生在走廊上把教授圍起來。

　　幾個高壯的德國人氣勢驚人，嘴裡說是想與教授討論評分方式，肢體上卻表達出「不把分數拿出來，就把命留下」的訊息，看著都替教授捏一把冷汗。

　　僅僅是成績眾人便如此在意，找工作實習這種直接關係到未來人生的事情，歐洲同學更不會跟任何人客氣，直接全副武裝，用要上戰場般的氣勢，開始準備接下來的投履歷及面試。

求職季一開始，各種職缺就透過學校求職中心，不間斷地被轉寄至電子郵件信箱中，看得人眼花撩亂，一天投個一份履歷，你已經被自己的主動上進感動，沒想到一週後跟同學吃飯，對方竟然投了一百份履歷，同時已有兩、三個約好的面試，聽得你大驚失色，懷疑對方是不是有什麼巨大的經濟壓力，所以才要如此積極求職？除了身邊本來就認真的同學，更讓人慌張的是，連平常整天在宿舍抽大麻，一週只清醒一天的同學都至少投了五十份履歷，這個時候你才隱隱感到狀況不太對，自己可能誤把世錦賽想成校際友誼賽，應該要天一亮就開始練習的競賽，我卻無知地以為只要拉拉筋就能夠上場。

從此，我開始一段彷彿真的要去比全國性運動競賽般的準備。每天的行程就是練習面試、投遞履歷，參加學校辦的招聘會。因為身邊的人都太積極了，如果我當天沒練習二十題面試題目，履歷沒投遞給至少十間公司，沒要到招聘會上五個人的名片，晚上都睡不安穩，翻來覆去地擔憂自己畢業後就要直接露宿街頭。

說到找實習這件事，其實剛到法國，身邊的人就千叮萬囑地提醒我要提早開始找實習。但因為過去找實習找得太輕鬆，所以即使「要找實習」的聲音在耳邊不斷縈繞，我也沒太放在心上，等看到同學紛紛拿到錄取信，覺得火燒屁股不認真不行時，才發現以前是如何被大公司寵愛著。因為是台大學生，最差也可以保證到面試的階段，然而以亞洲人的身分在歐洲找實習，想拿到好公司面試機會都像爆冷踢進世足賽，跟歐洲國家比賽還射門得分一般難得。

尤其是會去國外念書的人，很多都是想要轉換領域，比如說從市場營銷轉到管理顧問業，或從管理顧問轉到金融，所以求職過程難度直接變成地獄級別。雖然大家在原本的領域都有很好的實習，然而只要一轉換跑道等於就是重新歸零。雖然歐洲的工作機會很多，但在法國就算是小規模公司，都希望招募到有相關實習經驗的人，所以找實習是一場不思議之旅；所有的公司都會告訴你：「抱歉，我們只要有相關經驗的實習生。」但問題來了，如果大家都要有經驗的，那沒經驗的人是怎麼找到第一份實習的呢？非常詭異。

就算真的拿到面試了，也只是另一場修行之旅。

在面試現場，時間過了多久，對方就玩了多久的手機，法國面試官一臉家裡辦喪事的樣子，一點也感覺不到對方想招人的意圖，從開始到結束，只感受得到冷漠。有的時候法國公司會很熱情地跟你約面試，時間地點都講好了，對方還再三確認你有記下，你以為自己終於要時來運轉了，沒想到就在面試的前一天，又接到同一人打來的電話：「不好意思，我們已經找到實習生，你不用來了。」

你回想當初對方親切熱情的語氣，試圖想要挽回，法國人也不跟你客套，直接告訴你：「請你不要浪費我們彼此的時間。」甚至不用面對面都可以感受到對方的不耐煩。聽完幾乎讓人精神錯亂，一開始不是你約的面試嗎？或是你很久前寄的一封履歷，幾個月來杳無音訊，正當你覺得在法國投履歷就像往宇宙發電報一般時，對方打來了，立刻跟你約面試，時間呢？明天早上九點。

宛若青天一記春雷、眼角一道細紋、頭上一根白髮一般，來得猝不及防、毫無徵兆。總之，你會好奇法國的招聘人員都是什麼渣男渣女嗎？為什麼有種在愛情中被人玩弄的感覺。

然而，真的去面試後，你會發現在法國找工作或許真的像是談戀愛。

我以前就聽說過，對法國人來說最重要的是「感覺」，當時不相信，面試了幾家後發現果真如此。比如說我在英國投行工作的學姊，就告訴我她公司找人有幾個標準，通常要每個項目都達到才有機會進去實習，很公事公辦。

法國公司則非常奇妙，面試官要是喜歡你，就算專業知識回答得一場糊塗，他仍然會大門敞開，讓你進公司工作；要是面試官不喜歡你，就算半小時內在他面前用 Excel 做出金融模型或超屌簡報，面試官還是可能會面無表情看著你，眼神之空洞不耐煩，就好像你剛剛跟他說了「一加一等於三」一樣。

如果搞不懂法國人全靠感覺這一點，面試就是一場停不下來的大災難，像張愛玲說的，已經破壞的，還有更大的破壞要來；已經很爛的面試，還有更爛的面試要來。後來經歷了幾場史上最尷尬的面試後，我才終於決定調整面試策略，並請在法國待了十年的姊姊陪我練習。

面試前，她只對我說了一句話：「面試完，如果你說不出面試官的感情狀況、興趣，還有支持的球隊，你就直接回台灣吧，不用繼續在法國浪費時間。」

到底是要去面試還是約會？我有些困惑，不過在面試開頭，當面試官很例行公事地向我問候：「今天怎樣？」時，我決定把平常的回答從「不錯」換成「糟透了！巴黎整天都在下雨，好想飛去南部海邊度假。」

語畢，面試官精神一振。果然法國人都愛抱怨，立刻開始跟我說他來自里昂，那裡陽光充足、氣溫宜人，待在巴黎他都要抑鬱了。雖然我沒去過里昂，但猜想里昂人抱怨巴黎，大概跟台中人抱怨台北類似，回想台中朋友如何誇讚台中，不外乎就是天氣和食物，里昂人大概也差不了多少，帶著孤注一擲的想法，跟他說：「對啊，而且里昂的食物也比巴黎好吃。」

面試官一聽我說完，眼睛放出光芒，他激動的神情及滔滔不絕的嘴，在很多年之後我仍然記憶猶新，彷彿在這個無人知曉的午後，他所有離鄉背井的苦澀和無奈都得到了撫慰。面試結束後，我不僅知道他剛結婚兩年，正在嘗試人工受孕，還知道他最愛的事是研究日本動畫《聖鬥士星矢》的角色和劇情，因為他覺得這部動畫充滿了人生哲理。

最後我毫無意外地拿到了實習機會，即使面試中只回答了一題專業知識。經過了在法國找實習的過程，我才發現，其實哪裡都可以成為讓自己很舒適的同溫層，問題只是你有沒有辦法掌握到調溫度的訣竅。如果抓不到，那就一直是250度熱鍋上的螞蟻，整天急得跳腳，卻什麼事都做不好。

＊＊＊

法國有很多讓人討厭的地方，例如她不存在的行政效率、成天因罷工而無法搭乘的地鐵，和上班擺爛讓人血管充血的同事。然而，法國也很多令人喜歡的地方，就拿找實習來說，在別的地方，老闆雇用你，常常是因為你的技能，非常拋開情感，鐵面無私；但在法國，老闆雇用你，先不管他之後跟你相處得如何，至少在錄取你的當下，他可能因為太喜歡你這個人，而忽略你什麼都不會的事實。這種我就是喜歡你，其他我什麼都不管的態度，不是非常浪漫嗎？

在面試中看著對方微笑的眉眼，男或女面試官的眼睛就像黑夜覆上星星一般閃亮，興致勃勃地與你分享他／她最開心的回憶、最得意的成就和最眷念的人事物，在那短暫的時光中，我們成為彼此最親近的人。理性提醒著我，這只是面試！然而同時，我也會莫名地為此感動起來。矯情卻又真實。不管結果如何，不管心情仍然忐忑，我們都會在面試裡看見愛。

翹班的精準度

完全不抽菸的我，在日本工作了半年後，跑到便利商店買了一包香菸跟打火機。

這一切的源頭，要從陽光明媚的春天說起。日本進入每年新的會計、預算年度後，工作量開始直線暴增，在每天都累到覺得靈魂被掏空，甚至害怕一恍神就會猝死在辦公室後，我開始暗暗觀察身邊的日本同事，想知道大和民族到底是吃了哪個牌子的維他命，竟然能在這種殺人工作行程中保持神智清醒？

暗暗注意了幾天，發現除了喝咖啡提神外，觸目可及的同事都是一早到公司，正常的工作、開會，一路緊盯螢幕，等到街上每半小時才能看見一輛夜車疾駛而過後，才慢吞吞地準備下班。平常他們頂多偶爾消失一下去抽菸，其他時間與我並無二致，坐在位置上打電腦；社畜的肌肉記憶非常頑固，手只能用來打字，連抬起來伸展都不曾發生。

等等，偶爾消失一下去抽菸，說起來距離我兩點鐘方向的小林先生與九點鐘方向的大野先生已經消失半小時了。過沒多久，我身後的宮崎先生也起身離開辦公室，差不多二十分鐘後才姍姍回到座位。人來來去去，數了幾個出去又回來的身影，我終於來到破案的臨界點，從同事離開辦公室去抽菸的畫面中領悟出了一個道理：只要去抽菸，就可以離開辦公室休息至少二十分鐘。

簡直天啟，就是靈光乍現，牛頓被蘋果敲到頭的剎那，想到後我立刻二話不說，跑去便利商店買菸。當然，我沒有蠢到就此開始吞雲吐霧，只是每當辦公室快待不下去，再待一秒就要爆炸時；或是開會日本人又開始給我耍蠢，我就會立刻拿出香菸，很帥氣地跟大家說：「不好意思，我要去抽根菸。」然後立刻離開大樓，找一張椅子坐下開始狂滑手機，或是看著天空發呆。

太機智了我。

日本只要進入忙季，工作常是加班到夜深人靜也才只做了一半，連續幾日身心緊繃得讓人只想去醫院打點滴休息，不確定這是否就是日本公司都設有放床的醫護室的原因，要不是申請去醫護室都要通知主管，我會直接安排一個小時的會議，進去裡面大睡一場。

在日本工作的累不僅僅是單純的工作量，最令人身心俱疲的是要參與直到海枯石爛都毫無結論的會議，以及習慣日本人如等待滴水穿石般的工作效率。

日本是一個無法不按照既定流程工作的地方，即使從開始到達成目的有更快的捷徑，日本人也一定要照著過去傳承下來的方式，按部就班地緩慢進行，令人極度惱火。更可怕的是，最成功的案例往往是發生在經濟最好的年代，而那已經是數十年前，每當主管丟出案例要我參考照著做，一看發現上面日期寫著昭和時，只想請日本人不要鬧了，我們賣的不是古法精釀的醬油而是金融商品，就算歐洲人再熱愛歷史，也無法理解我為何提供三十年前的參考資料。

因為被工作持續轟炸卻又毫無進展，我一直思考各種方法逃離工作。

想到香菸遁之前一直都是使用廁所遁，把每個小號上成大號，打死不用小便斗。一進到廁所隔間令人異常地感到安心，偶而傳來的沖水聲像是拍打避風港灣的浪花，坐在馬桶蓋上玩手機發呆，有種守望大海的寧靜。

然而，用廁所逃避工作幾週後，實在擔心獲得心靈平靜之餘也得到了痔瘡，幸好最終領悟了假抽菸這招，也算是鬆了一口氣。

關於加班這件事，其實合約規定的下班時間是下午五點，然而就像結婚時的誓詞，天花亂墜講一堆什麼「愛你一生一世」、「生老病死，至死不渝」，各種讓人淚流滿面的承諾一樣。

全部都是假的。日本公司最想做的是每個員工發一個睡袋住在公司，日出而作，日落繼續作，春蠶到死絲方盡，蠟炬成灰淚始乾，做到死為止。

你試試看每天下午四點五十開始收東西，五點準從丸之內辦公室離開，經過老闆辦公室的時候說一聲：「お先に～」（我先走溜～），要是老闆還慈眉善目、滿臉笑容地目送著你離開，一臉完全不在意的話，那乾脆走進辦公室，從他皮夾拿出十萬日圓後再走；反正他明顯把你當做自己的兒子或女兒，不如順便要點零用錢。

當然，老闆不爽員工也可以裝死，法治社會下老闆也不能把部下吊起來打，但是他可以扣你當年的績效獎金。投資銀行員工薪資結構是一半底薪、一半獎金，獎金的比例還可能更高。每年最大的噩夢就是當年獎金少拿，已經整年都沒好好睡覺了，只盼望發獎金當日，一起床手機顯示已入帳一千萬日圓，少一毛都有想毀滅世界的衝動。

因為害怕不加班會反映在年底考核上，每個人都卯起來加班，一種較勁的感覺，人人都是戲精。我座位附近的同事裝菁英銀行家裝得很徹底，西裝筆挺，皺著眉頭緊盯手機，一臉正為金融市場震盪或客戶要求而愁眉不展。但如果你仔細看他手機螢幕的畫面，實際上老闆沒注意時都在抓寶可夢，正往寶可夢大師的道路邁進。

每個公司基本上都會有這種人，在那邊給我裝忙，加班到超晚，莫名給人壓力。就像是求學階段班上都會有一兩個神經病，會在老師忘記小考、報告這種應該普天同慶的時刻舉手：「老師，你忘記下週要小考！」每次聽到我都震驚得說不出話，這種人就應該全部被打包送到火星，不要留在地球害人了好嗎？

最恐怖是我之前讀的大學，這種人根本成群結隊，做這種傷天害理的事情還覺得自己沒錯，一臉「不考試、不做報告，那你來上課幹嘛？」真的快被氣瘋，死亡筆記本到底在哪？拿到立刻寫下他們的名字，旁邊加註：「考試考到暴斃為止」。

總之，同儕壓力會讓你不得不加班。當然，我相信這世界上也是有很好的上司，會害怕員工太累而希望大家提早走。然而跨國企業的問題，就是你會在東京有一個上司，但同個部門還有另一個亞洲區負責人，德國那裡可能還有全球負責人。總會有一個瘋子從德國打越洋電話找你，要是沒接到就開始火力全開的胡鬧，完全不管德國跟東京時差七個小時，所以你就要為了一個瘋子而加班，一種在精神病院當看護的感覺。

這時候你只能演得比別人更大力。

把所有可以在下午六點前處理的信都設定在凌晨兩點寄出；每天中餐及晚餐都要在公開行程表上顯示外出，營造出隨時都在與客戶見面或與同業交流的假象；所有擺在桌上的文件都要畫線、筆記，並貼上超過五個索引標籤。最後最重要的是，要不經意地巧遇大主管，一週至少一次，不管是搭電梯、買咖啡或是上廁所，只要遇到了，就必須達成三個目標：關心他，讚美他，告訴他。

先關心他的生活，並從對話中找到讚美他的機會，再見縫插針地告訴他，最近自己做了什麼。

人生最怕已經掏心掏肺，卻沒有人知道。無關算計，只是不想總是對著空氣毛遂自薦，卻沒人聽到內容，彷彿精神病患在偌大的空間中不知所云地喁喁自語。

在連續兩年績效都被打優等後，我終於迎來了新的領悟：最厲害的翹班，其實是無比精準的上班。一開始我以為的翹班，是上廁所的時候偷懶五分鐘，並漸漸學會用各種方式，例如假裝下樓抽菸，拉長休息的時間。但這些不過是在快要昏厥的工作馬拉松中，加了兩口喘氣的空間，一點也無法解決任何事情，工作同樣令人窒息，還得提心吊膽地避免被人發現自己沒在工作。

真正的翹班大師，只是做了分內的事，卻讓老闆以為他一肩扛起了整個部門；即使是微小的貢獻，也要有技巧地用最大聲的擴音器在老闆耳邊吼上幾次，確定他真的記下來了。

工作中的很多痛苦，從來都不是逃避就能獲得緩解；當你自以為脫離了眼前的辛苦，下一波的磨難還是會尾隨而來，只有知道如何精準工作的人會得到最多。所有的資源，甚至連休息的機會，都是準備給別人眼中的強者。

工作就像人生：不是消極地等待暴風雨過去，而是在知道自己不論如何都會被大雨浸濕的狀況下，學會在雨中跳舞。

走進真實的日本殘酷政治圈

在東京時，因為在外商工作，總感覺與真實的日本文化，保持著一段不遠不近的距離。

投資銀行的生活，是一杯冒著金色氣泡的香檳酒，很多散落在生活中，和日本人相處必須注意的細節，或是空氣中必須被讀出的信號，都被阻隔在外商文化的金色氣泡之外。因此，在日本很長一段時間，比起真實體驗，我更像站在窗戶發出亮光的房子外，窺探著另一個人的生活，雖然眼前看得一清二楚，但更多的是看不到的空間與角落。

這種旁觀者狀態一直持續著，直到我被銀行派去國會協助關係良好的眾議員後，才突然地被打斷，半強迫地開始體驗日本體面卻老態龍鍾的政治生態。

日本是一個不管如何年老體衰、精神疲憊，都要表現得無比體面的地方。別的地方尚且如此，處在社會中心的政府機關更是將這樣的精神貫徹到了極致。

日本幾乎所有重要的政府機關都座落在千代田區，像還在對舊時代天皇叩首一般，緊緊地圍繞於皇居之外。行政機關在霞關站，國會在國會議事堂站，每個建築都在雄偉之中帶有一種日本人的穩重、素淨感；不管是稜角分明，看起來正氣凜然的最高裁判所，或是和洋混合、東西美感兼容的國會議事堂。

能在這樣一眼就讓人感到氣勢恢弘建築物中工作，裡面的人也彷彿變得高不可攀。

在日本當公務員和台灣不太一樣，以前聽到台大同學去考公務員，心裡想的是：「她／他可能喜歡穩定的工作吧。」但日本人聽到當公務員，尤其是去財務省這種一流機關工作，心裡想的都是：「這個人大概是超級菁英吧！」因為日本公務人員除了享有高薪和市中心的華麗宿舍之外，國家還會出錢讓菁英去歐洲、美國一流大學進修，所以很多官員學歷一攤開，都是常春藤名校、牛津劍橋研究所畢業。簡單來說，日本公務員的福利是好到會讓一般大眾眼紅的地步。

還記得第一次踏進議員們工作的議員會館，原以為會看到結構陳舊的老式建築，但實際上是非常現代化的辦公大樓，進去就像機場安檢，必須通過金屬感測門，並將隨身物品放置在X光輸送帶上。同時建築物地下樓層有直接通往國會的電動步道，也因為不用自己行走，所有的人都是不疾不徐地移動著，這樣的畫面讓我聯想到，最高的權威，或許就該如此的不費力氣，舉重若輕。

而一到達真正的國會殿堂，畫面立刻從明亮潔淨轉變成莊嚴肅穆；地板鋪的是暗色絨地毯，搭配牆上複雜的木紋及嵌於上方的暗黃古銅燈具，讓人有種置身歐洲宮廷的幻覺。

在這樣好似時空穿越的工作環境上班，不敢說多讓人振奮，至少強過窩在辦公室隔板裡，盯著全球股匯市狀況提心吊膽。如果可以，我極度希望能一直在國會裡工作，因為即使在走廊上遊蕩也像在參觀古蹟，然而我實際上需要踏足國會的場合，只有每星期一次被稱為「本会議」的會議。

或許是從小被台灣政治荼毒太深，最初心裡一直把台灣立法院的形象投射在日本國會，所以第一次參加本会議時，暗暗以為可以用一個看近身搏擊、女子摔角或丟杯水大賽的心情出席會議，沒想到日本國會戲劇性大輸台灣立法院，所有人都異常冷靜。好不容易有一點小小的躁動，終於有議員聲音高昂了起來，而同黨議員也開始輕微鼓譟聲援，我正思忖是否要拿出爆米花觀看兩邊激烈爭鬥，並提醒身旁議員助理們，現在就是反對黨占領發言台的好時機時，四周又令人失望地平靜了下來。

對比台灣立法院的戲劇張力：潑咖啡、丟鞋子和歇斯底里地亂吼及扭打，不時還罵幾句三字經，吵到高潮時甚至會有人昏厥倒在地上，你簡直分不清他們是在質詢，還是在拍攝一部荒誕的肥皂劇。日本國會真的是太冷靜了，冷靜到幾乎像參與一場睡眠門診。

所有觀眾和記者的位子都在二樓，我坐在位於左邊的公務員席，對面是外交官席，議員正後方是報名進場的一般民眾。會議進行了兩小時，不知是絨布座椅太過舒服或是內容太枯燥乏味，三十分鐘後，大家已經睡成一片。我為了保持清醒一直狂捏自己大腿，彷彿回到高中數學老師在推導三角函數的課堂上，如果有一絲鬆懈，就會立刻進入深度睡眠。

在我改用筆尖扎自己大腿之前，會議終於結束了，環顧四周，發現自己是全公務員席唯一沒睡著的人，心裡無比驕傲，立刻跟剛醒來的其他議員祕書說：「不是都在討論關於你們日本人的法條嗎？全場醒著的竟然只有我這個外國人。」

對方有點不好意思地說，因為太無聊，實在忍不住，又反問一句：「難道你們台灣國會開會不無聊嗎？」

我想一想，突然覺得台灣立委真是太貼心了，不打上一架，旁觀的記者、公務員和一般民眾誰有辦法保持清醒啊？一種屬於台灣政治人物的溫柔，用鄉土劇的情節和演技，細密地包裹重要的國家議題，你以為自己在看幫派鬥毆，但不知不覺中，你也參與了國家大事。

我告訴他：「要是你在台灣立法院旁觀還有辦法睡著的話，你的口味就太重了。」

日本人聽完，立刻去 YouTube 搜尋台灣立法院的各種影片，看完表情複雜，必須再三確認這是實際發生在立法院，而不是什麼搞笑電影的橋段。我請他不用懷疑自己的雙眼，這就是我從小看到大的立法院，現在還好一點，以前更精彩。

「怎樣，睡不著吧？」我問他。

「真的，好羨慕啊。」他說。

聽到他的回答，我臉部抽搐了一下。日本人真的很會講話，竟然還回答好羨慕；羨慕的話，麻煩把那些立委全部打包帶走，一個都請別留下。

總之，從參與本会議開始，我也算正式踏入了日本的政治世界。

最初因為不在選舉期加上我的議員沒推動法案，能做的事有限，除了跟其他祕書聊天之外，就是拿著通行證在附近的政府機關四處閒逛；看一看櫻花，喝一杯咖啡思考人生，簡直是眾議院徐志摩，好像在度假一般的愜意。

之後可能是我閒逛得太過頭，資深的祕書誤以為我很無聊，就很好心地提議：「你要不要去地元事務所（選區的議員服務處）幫忙？那邊比較多事做。」當時沒想太多就答應了，而亂答應的後果，就是眾議院徐志摩下台一鞠躬，假期結束，必須開始認真工作。

剛到地元事務所，甚至還來不及打開電腦，常駐的祕書森下桑就用非常有禮貌的語氣問我：「如果不忙碌的話，可以幫我把宣傳單放進信封裡嗎？這是要寄給議員後援會的成員。」

我才一說「好」，森下桑就立刻把我帶進另一間房間，指著大概一屋子的紙箱對我說：「那麻煩你把這邊所有的傳單都放進信封裡。」

那大概是我人生最傻眼的時刻之一。這是砍了一座亞馬遜森林做成的傳單嗎？數量多到我懷疑正在幫ＡＫＢ48的偶像工作，怎麼可能有人數如此龐大的後援會？心中湧起一種森下桑在整我的詭異感覺。然而日本人笑容滿面，實在讓人分不清他是誠懇還是在耍賤，所以只好深吸一口氣，開始把傳單放進信封。

做了大概三個小時，手都忍不住開始顫抖後，森下桑突然又飄過來，看著信封和傳單，用一副很驚訝的表情對我說：「抱歉抱歉，我沒有跟你說傳單要摺成三折嗎？真是抱歉，可以麻煩你重弄嗎？」

我不敢置信地看著森下桑，那一秒才終於發現自己真是好傻好天真，這就是一張笑裡藏刀的臉啊！在日本一路上都只遇到好人，讓我卸下了防備，疏忽的代價就是一屋子待摺的傳單。

「麻煩你好好摺喔！」森下桑一臉得意地拋下話離開，當下要是手沒發抖我應該會暴揍他一頓。不過，雖然心裡很氣，還是默默地按捺住想殺他的情緒，開始永無止境的摺傳單人生。大概又摺了兩個小時吧，另外一位稍微資深的祕書剛好經過，看著我已經摺完的四箱傳單，突然用疑惑的口吻問我：「你怎麼摺那麼多？我們一次只需要用一箱而已。」

聽完我內心經歷了海嘯地震加上火山爆發，有股衝動想放下一切開始在日本搜索死亡筆記本，森下桑真是不殺不行。也因為這個小插曲，我決定去打聽森下桑整我的原因，才知道原來我們年紀相仿，也同樣才剛幫眾議員工作沒多久，他害怕會被我取代，所以才故意搞一些小動作。明白一切後，我只想請他醒醒，我的正職是在銀行工作，我有需要來跟他搶摺傳單的工作嗎？

後來時間久了，我才逐漸明白日本的政治圈是如何運作，同時驚覺森下桑當時的行為，也不過就是政治世界中的常態而已。

＊＊＊

在日本，一個好的政治人物需要有三個「ban」。第一個是地盤（日文為jiban）；第二個是看板（日文為kanban），也就是知名度；第三個為包包（日文為 kaban），就是資金。因為需要三個「ban」，日本大部分的政治人物都是政二代或政三代，他們能夠很輕易地從父親或祖父繼承這些資源，而沒有三個 ban 的普通老百姓，是極難進入政壇的。

為了鞏固自己好不容易擁有的地盤，即便那只是一個別人眼裡看不上的狹小空間，也要竭盡全力的守護，或許這就是當時森下桑的心態；就算會得罪人，反正也沒有什麼可以再失去了，不如毫無保留地徹底燃燒自己的企圖心。

因此，我覺得在國會開始工作後，才真正地開始感受日本。

以前總感覺日本就是唯美而纖細的，所有事情都是靜靜地、秩序井然地發生。然而，在這個多災多難的土地生活的人們，其實比我想像得要更加複雜。畢竟要在日本這種不容許一點偏差的社會中出人頭地，如果不學會帶著一點不服輸的執拗，毫不畏縮地向周圍毛遂自薦，那屬於頂層社會的幸福，大概永遠不會屬於自己。

下町商店街偶像

在東京議事堂工作，跟在銀行工作不同，絕大部分的人事物，都像站在眾議員會館大門兩側，寂然不動的警察，非常的安靜又平淡，總是彌漫一股肅穆的氛圍；就連議事堂裡讓記者進行新聞作業的會議室也毫不嘈雜，人人都壓低著聲音說話，彷彿一絲絲的吵鬧都會褻瀆了這棟歷史悠久的最高民意機構，不敢發出多餘的聲音。

沒有太多聲音的工作環境，或許會令某些人感到有些壓抑，但實際上比起每個人都扯開嗓門咆哮的銀行交易室，我更喜歡這種沉靜的氛圍。尤其在議員會館工作，常常有機會能夠更深入日本社會或傳統文化。隨便路過一個會議室，裡面就在舉辦二戰陣亡士兵家屬生活補助座談會。雖然本質上是政治人物爭取選票的場合，活動卻辦得非常用心，從家屬的經濟狀況到至親死亡衍生的心理問題都有深入討論，最後透過實際經驗分享提醒戰爭的可怕。對於每位生活在和平時代的活動參與者而言，應該都是震撼的，不時可以看到座位席上有人拿著紙巾，輕輕擦拭已經濕潤的雙眼，明顯深受觸動。

除了社會議題外，更多的是推廣日本傳統文化的活動。最印象深刻的是某次跟議員一起參加推廣鯨魚肉飲食文化的試吃會。老實說收到邀請函時，我第一反應就想到日本捕鯨漁船，還有緊緊尾隨其後，形單影隻地想阻止漁船捕撈的環保團體小船；腦海中浮現的影像，包括鯨魚抵抗人類獵捕的無助，以及小船對上漁船的徒勞，讓我對試吃會毫無興趣。然而，因為我的議員也是試吃會贊助者之一，只好硬著頭皮參與。

試吃會現場人滿為患，不知情的人還以為是和牛試吃大會。占地不小的會場中進駐了各種攤位，這時我才知道原來鯨魚肉有這麼多吃法，從生魚片到蓋飯，蒸煮烤炸……各式花樣令人目不暇給。看到大家如此津津有味的表情，按捺不住好奇心的我，忍不住試了幾個現場熱門的攤位，原以為會像動畫《小當家》一般舌尖迸發出大海的鮮味，感受彷彿徜徉在深海般令人欲罷不能的滋味……但最直接的感受，卻是一股充滿口腔的腥味和嚼起來非常吃力的肉質。

還以為讓日本人頂著世人譴責也非吃不可的鯨魚肉會是什麼人間美味，沒想到肉質又老味道又腥。如果吃鯨魚與滿足口腹之欲毫無關聯，那麼，捕鯨的執著只可能來自對傳統文化的守護了。了解到這一點後，我不禁思考，或許在古代捕獵鯨魚文化是源於對大自然的畏懼及感謝，那在面對現代科技鯨魚如此孱弱無力的狀況下，還繼續堅持下去的意義到底是什麼？觸目可及只有老人的試吃會，是真的在捍衛傳統文化，還是鯨魚只是這個無比老化的社會，試圖在自己逐漸消逝前，毫無道理地，想留下或延續些什麼的犧牲品。

總之，霞關的議員會館總會有形形色色的活動，而議員選區的地元事務所就只有一個討厭鬼森下桑。

每次到地元事務所都會被森下桑指派讓人身心俱疲的工作。當中最令人害怕的工作之一，就是整理議員支持者的資料。第一次聽到這個工作時我還非常天真，以為習慣在銀行處理資料的我，可以毫不費力的完成資料整理，然而當我看到森下桑給我的選區地圖及三大箱紙箱後，我震驚了。

「麻煩你照著紙箱裡的資料，找出支持者的住址，再標在地圖上。」

森下桑對我說。

聽完髒話真的都要飆出來了，我是活在二十一世紀嗎？這就是日本最可怕的地方，除了玩遊戲外，世人就像不知道電腦存在一般，所有事情都用要紙本處理，明明可以用 Excel 軟體半小時處理完的工作，卻要我從紙箱裡各種從過去活動蒐集到的參與名單、問券或名片上的資訊，找出參與者的地址，再標記在地圖上。

參加一次的用螢光筆標藍色，兩次是紅色，三次以上的標上黃色……紙箱裡的資訊早已斑駁，也無法確定支持者是否還住在地圖上的那個位置，仍然要一個個將他們標出來，完成工作後早已過了一天。比起說整理資料，更像是在對毫無長進的日本社會，獻祭出自己的青春時光。

森下桑因為對我的競爭心很強烈，總是指派我一些沒人想做的工作，也把握住各種能整我的機會。

比如說議員祕書有一個很重要的工作，就是要在選區裡拜訪各種商店，像是賣青菜、水果和酒的商店，這種店鋪的老闆通常是鄰里間婆婆媽媽和阿伯的意見領袖，所以得到他們的支持就等於控制了一條巷子，完全是阿公阿媽界的網紅或YouTuber。

因為他們實在是太重要，所以祕書們必須每天拜訪，如果可以說服他們在店門外貼一張海報，那就是大功一件。但就像台灣一樣，日本人也是有偏好的黨派，尤其是老人，要讓他們改變政治傾向，我還不如請他們匯一千萬到我戶頭，反正難度相當。

森下桑最可惡的地方，是他會故意安排我去那些別的政黨支持者的店鋪，然後劇情就是類似我跑到眷村替民進黨宣傳，一陣砲轟後被趕出店外。

有一次我又被該死的森下桑安排跑不可能的任務類行程，那間店是一對日本老夫婦經營的便當（兼賣可樂餅）店，老夫妻宛如議員選區的這群人或是老高與小茉，有龐大的群眾基礎，但打死不讓我們議員在店鋪外貼廣告。當時聽到要去老夫妻便當店時，我真的就想說算了，乾脆去旁邊喝咖啡，反正不成功也沒人會怪我。

然而，正當我要繞過便當店，走向旁邊的咖啡廳時，突然想到我受歡迎的姊姊常常說：「有時候別人都會跟我說：『哎呦，那個男生不會喜歡妳的啦！妳不是他的型，他不可能跟妳在一起啦！』我聽完就是冷笑，是妳自己沒本事，不要講的一副大家都做不到好嗎？」

那一刻，我忽然覺得或許我也應該試試看，別人做不到，不代表我也做不到吧？就這樣硬著頭皮走進了便當店。

有那麼多次被拒絕的經驗後，我已經知道，絕對不能一開始就表明要貼海報，必須先閒聊取得好感。然而要聊什麼，我也真的是詞窮，所以只好先買一個可樂餅來吃。

老夫妻發現我是外國人後，問我有沒有吃過可樂餅，我回答沒有後（其實我當然吃過），他們一臉期待我吃完的反應，真的是壓力山大。人生忽然就迎來了一個考驗演技的時刻，他們盯著我看，我腦海裡只有《食尚玩家》，瘋狂地回想浩角翔起是怎麼表現好吃的表情。

「靠！也太燙了吧！」一陣滾燙的湯汁流過，我感覺自己的食道已受傷，臉一陣扭曲後，老夫妻大概也發現可樂餅太燙了（他們堅持要炸新的給我），正忙著要跟我道歉時，我發現自己竟然痛到流淚了。

「很燙嗎？」他們關心地問。

「沒有，」我一邊流淚，一邊回答：「我……沒有吃過那麼好吃的東西。」真的是演技爆發，必須把監視錄影提供給李安，或是金馬獎的評委。

老夫妻看我這麼感動，頓時心花怒放，開始跟我大聊特聊。我抓到機會也立刻跟他們說我是台灣人，之前住在法國，現在在一家投資銀行上班；總之把我所有優點都告訴他們。他們跟我聊得開心到我覺得再說下去，我可能要娶他們的女兒了，所以決定開始收尾。

「我可以買十個走嗎？」我問老夫妻。

老夫妻聽我買這麼多，當然是內心一陣狂喜。但我還沒結束，只要到任何餐廳，有機會跟日本廚師說話，我都有一句固定台詞，只要說完，對方常常就是送我菜或是幫我打折，屢試不爽。

所以，我繼續跟他們說：「我覺得我的法國朋友一定會很喜歡吃這個可樂餅。」

日本人很奇怪，都覺得法國是美食之都，要是能夠得到法國人的肯定，就是至高無上的讚美，根本沒有考慮很多法國人根本不懂亞洲食物。老夫妻也是一般日本人，我感覺自己說完時，他們眼神都已在燃燒，一種廚師魂被我喚起的感覺，立刻又加碼送了我五個。

在這個燈光美氣氛佳、賓主盡歡的時刻，我才默默地拿出了議員的海報，問他們：「抱歉這麼唐突，但不知道你們可不可以幫我把這個海報貼在店外？」

從此便當店的門上，貼上了我家議員的海報。

森下桑知道這件事之後，當然是非常恨我。然而，議員從此將我捧為貴賓，還封我為「商店街偶像」（老實說，這個稱號讓我覺得滿蠢的，但因為是我家議員給的，我只好欣然接受。）經過這件事，其他祕書都覺得我太厲害了，竟然有辦法說服商店街領袖貼我們的海報，彷彿我說服了什麼超級 YouTuber 幫忙免費接業配一般。

然而，我聽完就是冷笑。

他們不知道，在台灣，我也是網紅。

闖蕩日本職場的讀心術

東京的上班族都是同一種樣貌：穿著黑色西裝、白色襯衫，手上拿著一個方形的公事包，整齊劃一的形象讓人感到不可思議。比起成年人上班，更像是小學生上學，每個人都乖巧的穿著制服。然而，這些看起來非常聽話的大人，卻完全不像表面上一般無害，只要在通勤的路上沒順著大家的步伐移動，不小心擋到他們的去路，就會被一股彷彿凝聚世界最大怨念的力道撞開，讓人不禁疑惑，這些人到底是要去上班，還是要上擂台搏擊？

在被衝撞幾次後，除了確認自己有買意外險外，我也漸漸理解到在日本上班，按照其他人步伐一起前進的重要性。倘若你不跟著隨波逐流，就要有隨時被人當障礙物撞飛的心理準備。不能打破社會默認的規矩，但能沉默地將礙事的路人撞開，這就是我對東京上班族的第一印象。

在來到日本之前，我就知道日本是一個非常特別的地方，特別到國際上只要分析亞洲地區時，都要將日本劃分出來，使用「亞洲除日本之外」（Asia ex-Japan）來進行分析。因為日本社會有自己的規則及做法，硬是把日本混進其他亞洲國家，就像是水滴進油中，無法融合。尤其是日本職場，自有一套獨特的運作方式。

日本人的職業生涯，是從「新卒」這個身分開始。任何地方都有新人，原本日本的新人應該沒有什麼不同。然而跟日本的新人工作，心裡想的只有：「這麼廢的人到底是怎麼被公司錄取的？」

日本新人搞不清楚狀況的程度，是會讓人嚇到的等級，甚至亞洲其他城市早有「日本初階職等的人就是廢到爆」的傳言。會發生這樣狀況，其實還是跟日本社會文化有關，日本的新人是真正的白紙，而其他亞洲城市，至少在外資金融業，非常在意新人的「即戰力」，因此在徵才的時候會要求有相關實習跟特定的工作技能。但日本職場文化特殊，新人通常一進入公司就至少會待五到十年，甚至更久，所以日本企業可以接受新人從頭開始學習，像教導一個什麼都不懂的孩童般，從頭開始訓練。

或許就是因為身上有種什麼都不懂的天真，新卒的臉非常好認。他們通常都像小動物一般亦步亦趨地跟在前輩身邊，在餐廳裡一邊聽著前輩高談闊論，一邊點頭不止。他們看起來很有活力又很年輕，相比其他人掩蓋不住的疲態，新卒有一張彷彿在期待什麼的臉，讓人忍不住多看幾眼。新來乍到，對他們來說，一切都是那麼新鮮，因為什麼都是第一次，所以任何事都讓人又驚又喜，未來才正要開始，沒有不滿懷期待的理由。

＊＊＊

正式進入職場後，馬上要面臨的就是下班之後的飲み会，也就是下班後與同事一起去喝酒應酬。

我剛到日本時，常覺得錢燒得非常快，除了日本稅很重，每月政府都會預扣一大堆例如國民年金的稅外，最大的原因就是幾乎每隔幾晚都要應酬。更令人心臟噴血的是，一般公司可能是去居酒屋，但在投資銀行工作，因為大家都是在銀行裡薪水最高的銀行家（Banker）還有交易員（Trader），所以選的店幾乎都是高級的私人俱樂部，結帳的時候看到帳單，都會出現一些臉歪掉、瞳孔放大的生理反應，內心一陣驚慌，覺得自己是錯過了什麼嗎？剛剛是有鬼月特別的隱形酒店小姐坐檯嗎？怎麼能貴成這樣？

然而，還是只能面不改色地把錢給付了。每次的結帳都是訓練，讓自己未來就算突然中風，也可以把歪掉的嘴立刻扯回原位。副作用是應酬後幾天上班會面無表情，臉非常僵，只能說餘悸猶存，需要幾天才能恢復。尤其是日本在泡沫經濟後，公司預算大減，已經非常少公司會補助晚上應酬後的計程車費，如果不想每次都花幾萬日圓搭計程車回家，就得趕上最後一班電車。

晚上十二點的車站，人潮比想像的更多，燈也比想像的更明亮，最滑稽的場面就是醉到已走不直，搖搖晃晃地在車站內橫衝直撞的中年男子，和跟在旁邊試圖攙扶並引導中年人走向列車站台的年輕人。

而除了晚上的應酬外，日本身為應酬大國，假日往往也不會讓員工好好休息，每個週末都要陪客戶去打去打高爾夫球。除了全程要在客戶打好球時將他誇成日本老虎伍茲，並在打壞球時演一齣今天場地很怪，自己也深受影響的全套戲碼外，還要陪客戶泡湯，因為日本人認為只有透過「祖誠」相見，才能毫無保留地完全信任對方。在陪玩、陪吃、陪洗澡，一條龍式服務客戶一整天後，回到家很可能只會得到「同意看看我們的提案」這種微小的進展，離正式簽約，大概還差二十次的「祖誠」相見。只能說日本人非常謹慎，合作前要先確認我身上的痣是否帶財。

但在日本工作，最讓人困擾的不是應酬，而是日本職場有很多「我不說清楚，但你必須懂」的潛規則。

沒人在管你是外國人，根本不懂日本人之間的小默契，沒接收到就開始無理取鬧，彷彿你在跟對方交往，各種「我不想告訴你發生什麼事，但如果你真的用心，就會知道我為什麼在生氣，不知道就是不關心我」，一氣呵成的各種發神經。

如果是同事也就算了，裝死或強勢一點，擺出「老子就沒在管別人內心戲演到哪，不說清楚我就是聽不懂」，對方也不能拿你怎樣。但老闆無理取鬧就只能去廟裡開天眼，經常完全搞不懂對方要表達什麼，令人崩潰。

視訊會議中，坐斜對面的老闆突然看向你，對你眨了兩眼，你必須要立刻解讀出，除了高血壓、中風導致顏面神經麻痺外的其他各種可能。以為是叫你要發言搶回會議主導權，其實是叫你按下靜音，跟他解釋剛剛對方提到的專有名詞。如果沒接收到他奇異的腦波，會議結束後就鬧脾氣。

我只想請問，跨國會議有哪國人會像日本人一般狀況外？大家都是想控制會議走向，誰會想到一邊開會還要一邊教老闆英文？

有些指示確實不講明白，我也能懂。比如說招待客戶的品酒會，主管在客戶面前問我喜歡喝什麼紅酒，我也不會以為他想要我大分析勃根地、波爾多紅酒哪個好，立刻就知道他要我選兩杯酒拿給客戶喝。但除此以外，主管心裡的九拐十八彎我真的不想懂，與上司心靈契合度百分百的概念，除了令人有些反胃外，我沒有其他想法。

不過，日本社會似乎就是依賴著這種不挑明的默契運作著。

記得在眾議院工作，每次要辦活動時，都要把入場券寄給選區裡的選民。奇怪的是，雖然活動都所費不貲，但寄出去的入場券上面都會被前輩要求蓋上「招待券」的章。剛開始我都會想，議員也太有錢了吧？每次都這麼大手筆。銀行雖然也會花千萬日幣辦活動招待客戶，但請的至少都是關係好的重要客戶，議員完全是無差別狂寄，不禁疑問，日本政治人物的活動經費到底有多少？簡直高出天際。

有一天我實在忍不住問了前輩：「我們這些活動都不收費，一直辦活動，不會花很多錢嗎？」

前輩愣了一下，回答：「活動是很花錢，但我們沒有不收費啊。」

「上面不是都印有招待券嗎？」我追問。

「雖然上面有印招待券，但大家還是都會付錢喔！」前輩娓娓道來，至少政治相關活動，就算民眾拿到免費的招待券，到了現場還是都會付錢，尤其當還有提供 buffet 的時候。

「這種不用明講大家就知道的默契，在日文叫做『阿吽の呼吸』，當然也可能有人會拿招待券不付錢，但都是很少數，多數人都會付錢，甚至還會多付。」前輩總結完，還問了句：「難道台灣不是這樣嗎？」

我露出尷尬又不失禮貌的微笑。日本人大概無法想像台灣人參加婚禮，包一千二百元帶幾個人出席，邊吃還邊打包的盛況。

不過，說老實話，這世界除了日本人，有人能自然理解這種「我給你招待券，但不明說要付錢，因為這樣很失禮。但來了不給錢，還大吃大喝，就太不要臉了！」的複雜訊息嗎？

日本人的內心活動真的是摩斯密碼三短三長三短，沒學過無法參透。然而了解之後會發現，日本文化包括日本職場，給人一種奇異的安定感，因為總是要把事情說得明明白白，是一件很累的事情；不用把話說盡，別人就懂，其實是每個人多少都有的渴望。

潛伏在語言之下的規則，像細線一般牽引著日本人走在一條整齊畫一的道路上，而自己也不抵抗，順從地被這些細線拉著。這種不用出力就能往前走的感覺，想想，其實挺好的。

青春和世故之間的格差

要進入投資銀行，最重要同時也是最普遍的方法，就是從實習生轉成正職。基本上，投行百分之九十以上的員工，都是由這個管道開啟自己的職業生涯。

或許是因為「實習」兩個字散發出濃濃的青澀感，又或許是實習生僅是投行旅途的暫時身分，一不小心就誤給人一種毫不費力的錯覺；好像跑馬拉松剛從起點出發，那種氧氣充盈、渾身乾爽，全身肌肉放鬆的階段。然而，真的經過整個過程的人，大部分都會告訴你，當實習生是他整個投行生涯中，最賣力的狂奔。

* * *

即使實習生只有不到一半的人可以轉成正職，投行還是會用最高門檻篩選實習生。

第一道關卡是學歷，如果申請者的學校不在投行所謂的「目標學校」清單裡，在你填完申請表按下送出的那一個剎那，下一秒拒絕信立刻從系統自動發出，沒給你任何心理準備，像一記清脆的耳光，「啪」的一聲，讓你不得不面對現實。

即使你算是目標學校的學生，也不值得欣喜。如果你申請的是熱門地區，如香港的職位，身分過關僅代表你過了最寬鬆的篩選，可以開始與其他上萬名與你類似的申請者，一同比試這場想當實習生的鐵人三項。

真的就像一場鐵人三項比賽，因為你如果只有某方面優秀，是不足以撐到最後的。

面試前需要先考試，包括智力、數學、英文閱讀，檢測完智商符合資格後，還要做人格測驗。每家銀行喜歡的性格都有些微不同，同樣的情境題，例如遇到問題要如何處理，高盛會覺得花錢請你不是讓你來問問題的，希望你整合資源，自行判斷。但大摩可能被年輕職員坑怕了，要求不論如何都要先請示主管。做不同銀行的測驗如同經歷好幾場人格分裂，上一分鐘還非常活潑，下一秒你就變成不苟言笑、沉溺在數字中的寡言新人。演戲情緒不對導演還讓你重來，但投行只要申請過程有一絲角色扮演的鬆懈，結局同樣是一封系統發來的感謝信，不給人任何辯解的機會。

當你終於進到可以與人說到話的面試環節，也不用開心得太早，因為人類最大的敵人，永遠是另一個人類。一輪面試分成三至六個不同階段，每個階段問題大同小異，把申請者當成一本財經雜誌，金價、油價、股價、利率全部必須了然於心，中間不給休息。刑事訴訟法都規定不准疲勞訊問，然而投行沒在管你能不能承受如此大的心理壓力：能就留，不行就滾。

好不容易堅持完前面所有難關，更大的磨難還在後面：招募過程的最後一關——「超級日」。

比較有人性的銀行，超級日只是把原本的單獨面試變成團體，並把面試官的數目增加；但有些明顯是來整人的銀行，會把超級日搞成一個兩天一夜的營隊，安排一連串自以為精心策畫的面試及活動，有團體競賽、小組報告和部門面試，彷彿跑大地遊戲一般讓你精疲力盡。才剛被拷問完跟工作或全球經濟有關的問題，就要匆匆忙忙地趕去下一場活動，兩個小時內做完案例分析並上台報告。

兩天超級日中最更恐怖的，是行程中不時會穿插幾個加班加到已經出現反社會人格的面試官，突然做出要你當場唱歌的要求，非常地猝不及防。靜靜地坐在團體面試會場中，看著跟你一起面試的人突然唱起了周杰倫的〈雙節棍〉，你感覺如芒刺背，不知所以地緊張起來，生怕自己當初申請的資料中留下了什麼破綻，也被面試官要求現場表演。

面試結束後，感覺命也去了半條。坐在回學校的班機上，想著過去幾天發生的種種，覺得荒誕又可笑，幾個月來的絞盡腦汁、擔心受怕，以及毫無尊嚴，竟然只是為了成為投行的實習生而已。

然而，這個世界敞開大門的方式有分兩種：如果沒有人替你開門，要進門只能從狹窄的小洞，千辛萬苦地擠進去；如果有人開門，進到門內不過是走兩步的力氣，不費吹灰之力。

我在入職一、兩年後，就遇到了從第二種方式進門的人。有天主管突然通知我，部門內來了一個新實習生。

照理說，這個時間點是不可能招實習生的，所以我一開始就覺得事有蹊蹺，案情並不單純。果不其然，他進來實習的管道，就是「靠關係」這條人生最重要的康莊大道。

我一開始是沒什麼想法，但辦公室竟然群情沸騰，姊姊們都開始興奮起來，窸窸窣窣的聲音此起彼落：「聽說來了一個很可愛的孩子。」讓我忍不住好奇心大起，稍微打聽了一下，原來實習生是我們公司英國高階主管的兒子，現正就讀慶應大學經濟系。我頓時理解辦公室的騷動從何而來，因為對日本人來說，混血兒加上慶應大學，換句話說，就是帥氣聰明貴公子，簡直令人無法抗拒，必須用迎接偶像的氣氛，來歡迎他的到來。

到了實習生開始上班的那個早上，女同事的心情也隨著辦公室進進出出的玻璃門一同晃動；既期盼他來，又失落他還沒來。後來時間真的過得有點久，我在主管的辦公室一邊等，一邊心裡納悶：「不會上班第一天就給我大遲到吧？」

就在這個時候，有人敲門了，竟然是英國大主管出現。一進門，劈頭就跟我們說：「今天雨下太大，我兒子不能來了。」

他這麼理直氣壯的說著，彷彿雨傘尚未發明，天上降下的不是水，是強酸，淋到滴滴見骨。總之，我是震驚了，我主管也是。他走了之後，我們久久說不出話來，過了半晌我才打破寧靜，跟他說：「還好現在不是梅雨季節，不然我們一個月大概只能跟他見兩次面。」

這個「太陽公公不上班，我也不上班」的出席狀況，讓我覺得之後不可能有更誇張的情況了吧？但我錯了，這不過是前菜，主菜都還沒上桌呢。

每次交代實習生什麼工作，都是「今與君一別，不知何時再相見」，到底什麼時候能拿到成品，不學會占星卜卦，是不可能知道的。當我決定稍微施加一點壓力，請他明天下班前給我，隔天新實習生竟然就給我不來上班，理由呢？頭痛。

看到他請假的電子郵件，真是顛覆了我的世界觀，很想跟他說：「孩子，在這家銀行上班的人，沒有人不是一邊頭痛、一邊工作的。」然而最讓我震驚的，是怎麼會有人用頭痛這個理由請假？請病假不是都要演一齣彷彿自己就要病死在家中的戲碼嗎？我不知道別人如何，但我自己每次請病假的過程，如果有人從旁側錄，拿個什麼金馬獎都是綽綽有餘。魔鬼藏在細節裡，當然要好幾天前就開始演一些頭暈、咳嗽的橋段，先在主管心中種下身體狀況不佳的種子，最後再順理成章地用發燒畫下完美的句點。

實習生因為頭痛這種身體微恙的理由不來上班，我只能大讚他活出自我。天有點灰、頭有點暈，不是完美狀態不輕易上工，就是一個大牌明星的架勢，在演戲的道路上，我還必須向他學習。

接下來，他就以週休三日的節奏進行實習人生，非常愜意。

前幾天他胃痛沒來，我實在忍不住用日文跟HR抱怨說：「現在的年輕人真的是……」很快地，就把這樣出格的行為，貼上了年輕人好吃懶做的標籤。

原本說得起勁的我，在抱怨了幾句後，心裡漸漸開始覺得不對勁，這樣的行為是因為年輕嗎？我在當實習生的時候，其他年輕的同事哪一個不是懸梁刺股，在每日披星戴月地工作到午夜之後，僅僅回家閉眼三個小時，就立刻乖乖回公司繼續開會？

不把工作當一回事的原因，永遠不是因為年齡，而是因為這樣的工作機會對他來說是如此地理所當然；既然不用付出，那為什麼需要珍惜？普通人與有關係人士的差距如此巨大，部門內所有人連一句責怪都說不出口，因為連主管都已經默許了，我也只能加班幫他把事情做完。

要是他是普通人，我的態度肯定會截然不同吧？心裡一陣羞愧一陣悵然，想到自己終於走到了這個地步，突然感到年輕的珍貴，年輕讓人如此正直，隨著青春漸漸遠去，不知不覺間，竟然已經變成討厭的大人了。

從以前的自我、任性，意識到任何不公平都會渾身難受，到現在面對特權的淡然，小心翼翼地顧慮別人的想法，意識到自己的轉變，不知道該開心還是哀傷。職場形塑的價值觀彷彿成為了我的全部，遇到週間放兩天連假，而我只要再請三天，就可以九天不去公司上班，原本應該毫不考慮就把假請下去的我，竟然會不好意思請假。因為我知道這個月公司很忙，怕影響到同事和主管，所以寧願不請，就這樣被不知從何而來的奴性，占據了心裡的想法。

現實生活中年輕人的想法，也讓我感到很陌生。回想香港群眾抗議最高峰的那段時間，我坐在辦公室看著樓下被憤怒年輕人占據的中環，隱隱對他們的訴求感到疑惑。聽到身邊有同事抱怨：「吵什麼吵？年輕人有這個閒工夫，還不如想怎麼賺錢。」我居然暗暗地同意他的想法，一點都沒考慮到這些人的生活究竟是遭遇什麼樣的不公，才讓人憤而走上街頭抗議。

或許我的改變，就是從那一刻開始，慢慢演變到了現在，遇到關係很好的實習生，即使心裡有再多的不滿，也只是噤聲不語。看著不公平的事情在身邊反覆重演，覺得隨著時間不斷往前，自己的世界也在不斷消失。

突然覺得害怕，恐懼遠遠大於當初坐在面試會場，不知道面試官會問什麼的如坐針氈；害怕自己變得不再認識自己，害怕自己就這樣勤奮認真地過完一生；害怕不公平不斷地出現在眼前，我卻如鯁在喉，一個字都說不出口。

日本選戰中的最後晚餐

曾經有看過一種說法，表示「日本與其他國家有根本的不同，日本從未改變過朝代」，這個說法也就是所謂的「萬世一系」，指的是日本的王室只有一個，從未經過更迭；甚至在過去，所有的行政和軍事職位也是世襲的。因此，血統、技藝和傳統永恆延續的思想和信念，一直存在於日本文化當中。

到了現代，日本的政治圈也多少保留了這個世代相傳的原則。第一次在政治人物聚會的場合，看到陌生的議員有著與我年齡相距不遠的面孔，還會為對方的年輕而吃驚，暗想他是如何年紀輕輕爬到議員的位置。後來才知道日本政治人物基本上都是政二代，他們可能是長輩提早布局，或有什麼突發事件必須提早接班，比如某位北海道議員就是位年輕的女性，因為父親貪汙被關，所以女代父職，成為了議員。

我服務的眾議員也是同樣的情況，父親過去是眾議員，死後將選區的政治資源留給了自己的兒子。而該選區在父子兩人幾十年的耕耘後堅若磐石，可以說除非發生極端的政治事件，或該選區的人口結構出現天翻地覆的改變，眾議員這個職位大概會如世襲般，在家族中一直傳承下去。

我的議員也因為從年輕時就參與父親在選區中的各種活動，當地選民對他的感情就像從小看著長大的孩子般，有些年長的支持者，甚至會在議員名字後加上日本人稱呼小孩的「醬（ちゃん）」，語帶寵溺地親切叫喚，彼此間的互動，比起說是政治人物及選民，更像親近的鄰居或親戚，有著牢不可破的情感。

這種近似親情的關係，或許是政治最想與選民建立的羈絆，畢竟人對自家人都是支持且寬容的。然而，有緊密的羈絆就必然有額外的期盼，選民們對我的議員除了政見上的期待外，還希望他能夠展現出當地人的特質及價值觀。

東京雖然已經是日本最繁華的城市，城市裡面卻仍然有著劃分及區域特色，比如住在港區或世田谷區，就給日本人一種高級、貴氣逼人的印象，而東京的某些區域就給人比較復古，甚至俗氣的感覺，我議員所在的選區就在所謂「下町」的範圍。

下町這個稱呼是從江戶時代流傳下來的，簡言之，即是過去庶民所居住的地方。時至今日，下町當然已經不像過去一般環境複雜，早已轉變為一個混合著傳統與現代，有蜿蜒小巷也有時髦街道，充滿氛圍感的區域。不過，即使高樓大廈逐漸成為區域常見的風景，下町仍然保留著老城的風味，尤其是濃厚的人情味更是最大程度地被保留了下來，比起委婉、內斂的都心東京人，可以很明顯地感覺到下町居民的熱情、活潑與豪邁。

跟普通上班族大部分時間只需要坐在電腦前辦公很不一樣，為民意代表工作，最主要的工作內容是參加選區內的各種活動，積極地抓住每個與選民互動的機會。比如當地舉辦的祭典，別的選區選民可能參與度不高，但下町的居民對祭典無比熱情，幾乎都是攜家帶眷，全員出動。獨自出席的人也很多，塞爆整條大街，很難想像日本人竟然對集體活動如此熱衷，顛覆我以為日本人大多是宅男的印象。

祭典活動結束後，當地居民會在草地上鋪上墊子，邀請議員與包括我在內的幾名祕書席地而坐，一同喝酒慶祝。為了參與一整天的祭典，平時穿著襯衫及西裝的議員與我們，一早就換上了寬大的祭典外袍及短褲，頭上綁著用布條綑成的繩子，看起來與其他居民毫無差別，都是一張曬紅的臉及滿身大汗的模樣。

下町除了熱情的人們外，最有名的就是平價老派的美食，裝在毫不起眼的鐵盒中，外觀雖不精緻，卻一點也不影響它令人驚豔的美味。身邊的下町居民一手拿著啤酒，一手搭著隔壁人的肩膀，席地而坐，大聲談笑，活力四射的氛圍，彷彿可以窺見江戶時代的夜晚，庶民們無比歡樂的景象。

就在氣氛逐漸攀升至高潮時，一個白色身影出現在眾人的面前。來的是議員夫人。夜色中她一身白衣顯得異常明顯，一出現眾人立刻安靜了下來，都盯著她看，她臉上帶著優雅而拘謹的笑容，緩緩地走到了議員身邊坐下。這時我才看清楚議員夫人全身的裝扮：白色的香奈兒套裝和同色高跟鞋，手上戴著閃亮的鑽錶和珍珠戒指。

如果我人生中有幾個滿頭問號的時刻，這絕對是其中最茫然的一個。我心想，議員夫人是在演大和拜金女嗎？日本的祭典說穿了就是廟會活動，我無法理解竟然會有人穿著如此珠光寶氣地參與廟會。要不是她是議員夫人，我真的很想請這位大姊不要來鬧，妳如果有什麼銀座的剪綵活動就直接去參加，今天我們在祭典灰頭土臉的混了一整天，好不容易和下町居民打成一片，終於要劃下完美句點，妳突然一身貴婦裝扮出現，是來搗亂的嗎？

更令人費解的是，她今晚可能打定主意要貫徹自己的貴婦人設，除了全程捂嘴淺笑外，有人向她敬酒或熱情地拿東西請她品嚐時，大概是覺得平民百姓神經比較大條，或是以為夜晚是自己的最佳掩護，她的反應都是肉眼可見的假喝或假吃。全程在旁觀看的我，不禁開始懷疑她是議員的夫人還是議員的仇人，今天的表現完全不是來應援而是來復仇，短時間就讓氣氛變得僵硬無比。很快地，議員大概也意識到待下去只是有害無益，匆匆向居民道別後，我們就一同離開了。

那天感謝議員夫人的蒞臨，讓議員辦公室的所有人做了一天的白工。因為平常議員夫人不會參與這類型的活動，通常都只出席辦在飯店或規模較大的活動，我好奇詢問了親近的資深議員祕書後才知道，原來她打算參加下一屆的東京都議會選舉，所以之後選區內的所有活動她都會參與。

東京都議會，簡單說明就是類似台灣的市議會。東京都議員雖然不像眾議員般在政壇呼風喚雨，權力也不小，如果能夠順利選上，不啻於宣示議員一家在選區的統治力，也能夠掌握更多資源，算是很聰明的盤算。

然而，理想非常豐滿，現實卻很骨感。議員夫人與下町居民每次互動，都像那晚祭典慶功宴出現的白衣鑽石貴婦般，讓人感到尷尬且格格不入。一開始因為支持者都是非常質樸的日本人，還會試圖找話題親近議員夫人，但經過幾次僵硬的互動後，連基本的寒暄也漸漸減少，議員夫人到場致意後就迅速離開，完美地將貴族與庶民的距離感演繹了出來。

對於重視人情味的下町居民來說，簡直是無法忍受。幸好對於選區的老人來說，我的議員就像是自己的孫子般，所以即使不滿，卻也不會真的生氣，只會偶爾埋怨議員夫人很不懂事。有點像在抱怨孫子娶了一個不懂禮數的妻子，看到人不打招呼也不會幫忙，卻不會真的對自己疼惜多年的孫子生氣。

服裝越精緻，感情越稀薄。在下町老城區的選民，都看出議員夫人參與活動，只會打扮得華麗無比卻沒有太多互動後，當地的選舉活動開始變得冷清，逼得選舉團隊不得不將造勢活動轉移到選區內新開發的複合式住宅、商業區，希望區域內的新住民會對議員夫人的政見，比如說「讓所有人都開口說英文」產生共鳴。

試行了一陣子後，顯然日本人對於加強英文這個政見毫無興趣，加上議員夫人又不懂如何像普通人一般與選民互動，走投無路的我們決定返璞歸真，用最土法煉鋼的方式取得選民支持：發傳單。

在選舉期間去過日本的人，可能曾在車站外看過議員候選人發表演講或分發傳單。然而，一般遊客不會知道的是，這個一瞥即過的畫面，其實從早上人流稀少的清晨五、六點就已開始，選舉工作人員更需要提早到現場插旗子、放置音響等設備。我們每天都是一早披著晨曦及清晨的冷意，站在寂寥的街上進行準備工作，爾後一邊彎腰鞠躬，一邊向來往的路人遞傳單及打招呼，一路高喊「早安」、「慢走」，直到早上九點左右。

對我來說，在車站發傳單是競選活動中最煎熬的行程，身心俱疲的程度遠超過在投資銀行加班。除了身體需要不斷地彎腰及持續地站立外，傳單遞出後也會即刻接收到路人各種的情緒；煩躁、冷漠的反應固然令人失望，太熱情的回饋也會讓人招架不住，整個早上的活動對身體及心理都是很大的考驗，幾乎是靠意志力才撐了下來。

如果每天都去車站，一週下來，我們大概能發將近萬份的傳單。因為持續不斷，也可以感覺到效果不錯，後期已與我們熟稔的路人甚至會主動向我們打招呼。一切彷彿都在往好的方向發展，團隊成員也對選舉的結果充滿信心，覺得靠著這段時間勤奮不懈的努力，加上我們議員原本的支持者，議員夫人一定可以順利當選東京都議員。

樂觀的氛圍持續到了選舉的前幾週，直到一則突然的新聞出現才戛然而止。

事情發生得猝不及防，我只記得打開電視，不斷重複播放的，就是我們政黨裡有一群議員候選人退黨的消息，議員夫人也赫然出現在退黨的名單中。政治評論員們熱火朝天地討論退黨原因，各種陰謀論不斷地被提出，卻沒有人提出一個準確的資訊來源及說法，但我也分不清他們是胡說八道，還是有理有據，因為就連我也不知道真正的原因。

在那之後，我沒有再去參加選舉的活動，這跟退黨事件沒有關係，之前就說好快到選舉時要回銀行工作。我很慶幸有提前安排，因為在議員夫人退黨後，我也害怕再回去面對那群善良單純的下町選民。

新聞中有個評論員將這個事件描繪成猶大的背叛，說這次議員候選人集體退黨，就是當代日本政壇「最後的晚餐」。通常我對新聞評論員的發言都嗤之以鼻，然而我卻覺得這個比喻異常貼切；聽到消息的那一刻，我好像可以理解〈最後的晚餐〉畫中，耶穌宣告有人背叛時，眾人陷入的緊張、慌亂甚至哀痛。

背叛的結果是議員夫人最後也沒有選上，即使選前民調預測她將以第二高票當選。

有時候我會想，或許這樣的結果就是最好的結局，因為議員夫人從來都不屬於下町。其實議員夫人並不是出身於顯赫家庭，她跟很多日本人一般，從鄉下來到東京，經過了很多年的努力，現在過著讓一般人羨慕的閃耀生活。或許對她來說，人生就是要不斷地往更美麗的地方前進，下町只是萬物風景之一，遲早有一天還是要離開。

但她可能不知道也無法理解的是，對於下町土生土長的人們來說，跟家人及朋友們在夏天一起參加神社的祭典，就是他們平淡又幸福的一生。

在香港，享受生活是件奢侈的事

不知道什麼時候開始，生活中開始充斥著鼓勵人們走出舒適圈的聲音。

這個聲音從四面八方襲來，可能是咖啡廳裡，正與朋友喧嘩閒聊的年輕人；可能是新聞台裡，隱藏在頭條新聞下一閃而逝的跑馬燈；也或許是網路上總是不斷被推薦給你，轉發破萬的勵志文章。

那些聲音是如此的急切，彷彿舒適圈是一圈捲著烈焰的火，如果不冒著危險縱身一躍，靈魂就要被安逸之火燃盡，成為只剩下軀殼，被生活隨意擺弄的傀儡。

我也曾經受到那無孔不入，如恐嚇般的催促聲影響，莫名奇妙地開始收拾行李，匆匆與好友道別，從日本跑到了香港工作。

在我要離開日本之前，原本不算熟稔但曾待過香港的同事紛紛開始冒出來，用一種無比惶恐，好像我要搬入鬼屋一般的語氣告誡我：「你在東京待得好好的，幹嘛跑去香港？你知道那邊的房子有多小，房租有多貴嗎？你住過東京後去香港絕對會不習慣。」

看到同事們如此激動，我面帶微笑地請他們冷靜：「人不是就是要踏出舒適圈嗎？一直待在東京，我感覺自己永遠不會進步。」

一面說著，一面在心裡默默地對自己進行了一番偶像崇拜式洗腦。生於憂患死於安樂，貪圖安逸的心態千萬不可有，有機會就要大膽出走。人要勇敢地跟過去的自己告別，才能找到嶄新的自我，不要因為害怕遭遇困難就停滯不前好嗎？

因此，我用一個無比灑脫的姿態離開了東京，拖著兩大箱行李來到了香港，開始了我的港式人生。

＊＊＊

就像所有東西只要加上「港式」，就比原本字面上的預期多了那麼一點什麼。如同美女加上港式就多了點風情，食物加上港式就多了點火候；生活本身就充滿磨難，但加上了港式，就比原本的更加要命。

一到香港，我住進公司提供的飯店一個月後，馬上開始尋找未來居住的地方。

因為不想住離公司太遠，我從一開始就鎖定港島上的房子。老實說，我剛到新地方真的不清楚香港的房子貴到什麼程度，所以講到預算的時候，只隨便跟房仲說了一個東京港區的行情價，抱持著沒有任何預期的心態，請對方幫我物色一個人住的公寓。

回想當時仲介聽到我的預算和要求時應該是臉瞬間歪掉吧，因為當她帶我走進第一間公寓時，我的臉也是歪的，歪得非常徹底。雖然表面上強裝鎮定，內心是一場驚聲尖叫。

一進到大樓，迎接我的是一股很難形容的霉味，撲鼻而來的怪味讓我立刻皺起了眉頭。不過，我快速梳理了情緒，告訴自己沒關係，反正也不會睡在大廳，只要房子狀況不錯就好。為了怕沾上那詭異的氣味，我盡量縮小自己，快速地上樓，沒想到進到房子，一推開門的剎那，我以為參加了某個行腳節目的勇闖廢墟特輯，隱約有人生活過的痕跡暗示著裡面甚至可能鬧鬼，等下導播就會打手勢要我假裝很冷，同時翻白眼加乾嘔。

我看了一眼房仲，只想確認她不是在跟我開玩笑。沒想到她沒有，神情怡然自若，很正經地跟我說：「這間房子不錯，還有附家俬（家具）。」聽完我只想幫她上一堂中文課，不錯可以這樣用嗎？你不能用長得不錯的女生來形容如花吧？

看著眼前那些只該出現在回收場的家具，我已不想思考它們與真正垃圾的差別，繼續走進房間，一踏進房門，我感到人生真是一言難盡，身在災難中，還有更大的災難要來；發黃的牆壁和地板，配上感覺已祖傳五十年的冷氣機，混雜著空氣裡飄著的陣陣臭味，要找出一個優點可能要想上三天三夜。

我也不想多說什麼，只立刻跟仲介說：「這裡不適合，去看別間吧。」沒想到她竟然不放棄，連忙指著窗戶跟我說：「這裡真的不錯，你看，從窗戶還可以看到大海！」

聽完我內心掀起了一場風暴，在她的眼裡，難道我是一條人魚嗎？可以看到大海又怎樣？簡直像住到監獄還安慰我牆上有窗一樣。要我住在這裡，還不如真的跳進海裡，漂浮在維多利亞港附近，上班還方便。

匆匆離開公寓後，原以為當天的驚嚇已經告一段落，沒想到一出門，迎面就看到走廊盡頭有一個只穿內褲，眼神如咒怨一般瞪著我的老先生。走廊燈光晦暗，老先生一動不動地站在燈光無法照進的陰影下，渾身散發著一股令人發毛的氛圍。

身旁的房仲對一切視若無睹，仍在嘟囔著這間公寓錯過可惜，她毫無反應的態度，讓我懷疑是否只有我看得見老人。然而，經過了第一眼的害怕，我反而對老先生興起一種詭異的共情，心想：「下午就要跑出來嚇人，不愧是港鬼，連死了都要加班。」

雖說我與老人都是加班仔，我也不想看房遇鬼。幸好老先生站立不動兩、三分鐘後，在我們等電梯時突然大吼了一聲「赫」，房仲受到驚嚇，罵了聲「死仆街」後我才安心，至少在香港，死了還是可以休息。

經過那次經驗後，我決定大幅度提高租屋預算，總算在香港找到了安身立命的地方。

真的是安身立命，室內空間擺放家具後僅夠站立。

我記得自己曾經在香港的生活，立下一定要搬到有浴缸的房子的目標。很多人聽到可能覺得這個目標很荒唐，尤其是我的日本朋友，因為日本的房子基本上都會有一個很小的浴缸，但是這在香港其實是滿奢侈的生活目標。

在香港，如果你不想有室友，不想每天人擠人通勤，不想住在一個感覺裡面有在賣胎盤餃子的舊大樓，同時又想要有浴缸可以泡澡，我很老實地告訴你，一個月大概要花快八萬台幣租房子。我一開始到香港月薪大概是二十到二十五萬台幣，如果因為冬天體寒想泡澡，就要花薪水將近三分之一租房，這個有些奢侈的念頭才興起，就被當時的我用力按下。

香港是一個沒錢不准任性的地方。

什麼不喜歡跟人相處，所以不找室友；或是有嚴重潔癖，餐廳一點不乾淨就覺得痛苦……香港就是一個教你做人的地方，會直接賞你兩個巴掌讓你清醒，窮人沒資格有這麼多眉眉角角，還敢有潔癖？開玩笑也要有個限度。

在香港，想要坐在一個優雅、乾淨的用餐環境喝一杯凍檸茶（有大片檸檬的冰紅茶），就得掏出快要四百塊台幣出來用餐。沒錢等於沒選擇，吃飯時牆上就算有三隻蟑螂在跟你打招呼，只要不是在碗裡，你就得面不改色地把飯吃完。

所以在香港，即使薪水看起來不錯，很多人卻都是月光族；尤其是那些偶爾還要參加派對或社交活動的人，一邊在外放浪形骸，銀行餘額也跟著一起跑趴。最後，只有你回得了家，錢都還在外面。說真的，中環稍微高級一點的酒吧簡直把客人當提款機，貴到每次看到帳單那一剎那，我都會靈魂出竅。我誠心建議每個香港打工仔，如果你一定要去酒吧喝酒，又是不醉不歸的那種人，先去超商買一瓶酒灌下去再去蘭桂坊，不誇張！省下來的錢退休後都可以環遊世界，不用做什麼財務規劃，光這點就能快速幫你達到財富自由。

總之，在香港奢侈的事，很可能是其他地方的日常生活。

比如在法國買有機食品就不是什麼大不了的事情，在香港如果有小孩敢跟父母說：「我以後只吃有機的東西！」很大機率會被飛踢，先殺了再說，反正也養不起。或是在台灣跟朋友約出去時會說：「我們找一家人比較少的咖啡廳吧！」在香港，要是有人把「人比較少」當作選地點的條件，必須合理懷疑對方有時光機，因為除非一路穿越到九零年代（甚至七、八零年代），不然香港週末真的到哪裡都是人擠人。

當然，我相信很多人是享受香港這種生活方式的，有種參加高級派對的感覺。不舒服的華服不過是光彩生活的一環，只要能待在派對裡，派對中實際發生什麼事，其實沒那麼重要。

然而，我自己覺得香港生活很像是老鼠被困在迷宮中，彷彿跑到哪裡，都找不到出口；即使再努力奔跑、轉彎，也只會撞到另一條死路。

更可怕的是，大家都在搶那一兩塊吃不飽的乳酪，所以最微不足道的事情都成為奢侈，裡面老鼠嚮往的甚至不是多廣闊的世界，而是下水道。彼此間口耳相傳著：「聽說有一個叫下水道的地方，那個地方的老鼠只要努力往直線跑，就能一路向前，跑到很遠的地方。」

體驗過港式人生後，在我耳邊叮囑我要離開舒適圈的聲音，倏然消失了。

當然，有的時候還是會嚮往舒適圈外的世界，就像是嚮往新的戀人一樣，隱隱地覺得身邊一切習慣的事物，讓我感到痛苦，想再嘗試一次那種為了模糊不清的喜愛而猛烈踏入未知的感受。

然而，雖然渴望流動的趨勢無法停止，我已經不會像年輕時一樣莽撞地往前衝了；面對外面的世界，我會先淡淡地喜歡，不遠不近地欣賞。

因為我知道，舒適圈的邊界常是一圈熾熱的火，稍有不慎，就會燒得人遍體鱗傷。

這裡是物質天堂，也是加班地獄

在香港工作的時候，我時常感到極致的疲憊和幾乎無法忍受的孤獨。

尤其是生病的時候，獨自一人瀕死般地躺在租屋處，灣仔的街市透過窗傳來滿耳的嘈雜聲，外邊越熱鬧，你內心越煩躁。因為即使發燒到快四十度，半小時後還是得拖著行李，穿過車水馬龍的巷道，挨著摩肩擦踵的人群到大街上搭車，一小時後準時坐上飛機前往上海出差。

在香港，只要你還有一口氣在，眼睛還睜得開，算得出一加一等於二，就不要想偷懶不工作。

還記得剛到香港時，公司合夥人帶著新進人員繞了一圈辦公室，他一邊走一邊介紹銀行每個部門的位置及工作，當我們走到最多人的交易室時，他突然停下問：「看他們工作有什麼想法？」

記得當時有位同事回答：「感覺每個人都很忙碌，果然是世界一流的投資銀行。」

合夥人聽完露出玩味的笑，表情中彷彿透露出一絲不以為然，對著我們說：「銀行裡忙碌的不是人，是電腦、鍵盤，跟滑鼠。」

這短短的一句話，讓我了解到在香港工作最不可動搖的道理：銀行裡有多少個人，就有多少台電腦，任何人坐在電腦前面都可以幫銀行賺錢，沒有人是不可取代，沒有什麼工作是非你不可。

或許是害怕一不留神，電腦前的位子就被人搶走，香港人簡直把工作當成了奧運會，像要破世界紀錄般毫無極限的加班。老實說，我一直都在投資銀行工作，加班加久也習慣了，但香港加班真的就是把大家當成吸血鬼，宛如晚上不用睡覺一般，加好加滿。

一般人看時針指到晚上六點可能開始收東西準備回家，在香港看到六點，心裡只有：「靠，還要工作八小時。」最可怕的是，每天工作到凌晨一、兩點，在香港你還不敢跟別人說自己工時很長，因為很多人都是做到早上四、五點，回家洗個澡、補眠一下，繼續回去上班。所以有人問到下班時間還會有點害羞，只敢怯怯地說：「我們公司還挺早的，差不多每天做到一、兩點吧。」

偶爾超時工作還可以安慰自己再撐一下就結束了，最崩潰的是香港的加班像被踹進太平洋中央，完全游不上岸。每天晚上我都希望自己是一條魚，可以睜著眼睛睡覺。天長地久有時盡，加班綿綿無絕期，這世界上有比在香港加班更久的東西嗎？鑽石恆久遠，加班加不完。女孩們，如果問男生會愛妳多久，他回答：「像在香港加班一樣久！」請立刻嫁給他，因為在香港加班，簡直比一萬年還更久。

有人可能會問：「工作強度那麼大，難道大家都不會有怨言，或是身體沒辦法負荷嗎？」

當然會有。畢竟大家都還是人類，並不會因為住在香港，就突然基因突變，成為吸血鬼或機器人。然而，香港是個一窮二白的地方，人只要一窮，就會立刻收到兩個白眼。為了豐厚的薪水和不被人說三道四、看不起，只好忍下來繼續工作。不過，心理及生理總是要有一個宣洩的出口，於是常常會發生一些奇怪又極端的事情。

在投資銀行工作，除了每個月的薪水外，我們完全不需要花自己的錢吃飯，每隔幾個小時就可以跟公司報一次伙食費。雖然三到四個小時就可以買東西吃，大多數的人還是以三餐為主，頂多中間會去買咖啡或飲料。然而，我就耳聞有位同事因為不滿工時太長，心中對銀行充滿怨氣，所以每隔幾個小時就會到大樓商場的高級餐廳叫外帶，買了也不吃，經過垃圾桶就直接扔掉。

加班加到身體出問題的故事，也層出不窮。某次與幾個在其他美資大投行工作的朋友們吃飯，其中一位朋友跟我說：「你知道我前幾天加班，隔壁組的同事突然哭了起來，我對面的人問她：『怎麼了？』她一邊哭一邊說自己動不了。我聽完嚇了一跳，以為大家反應會很激烈，沒想到其他人只輕描淡寫說了一句：『喔，那妳最好去看個醫生吧。』就繼續工作，表情冷漠，眼睛完全沒離開過螢幕。

「我心想，這樣ok嗎？那個人已經paralyzed（癱瘓）了耶。但後來就真的沒人管她。一個小時後她又能動了，也沒說什麼，去廁所把眼淚擦乾後，就回去繼續工作了。」聽完這個故事我嚇到，這是中了「整整石化」嗎？為什麼會突然有哈利波特的劇情？

原以為暫時癱瘓已經夠嚴重了，同桌的另一位朋友隨即不甘示弱地分享：「不能動還好吧？我的同事有一次突然傳訊息到群組說沒辦法參加會議，原本老闆想請她立刻過來，下一秒同事傳了一張浸血的衛生紙，說她吐血了，想去醫院檢查。

「我看到簡直氣瘋了，她不來會議，那不是所有事情都要我做？沒遇過那麼不敬業的人。」看到朋友如此義憤填膺，好像對方不是吐血而是生理期來了，不由得覺得香港漸漸把大家都逼瘋了！原本以為自己還算辛苦，一跟別人比較，手腳仍然可以移動，血液也都還留在身體裡，竟然有身在福中不知福的愧疚感。

港式人生，果然各種光怪陸離。連港劇都不會有的誇張劇情，卻人人都可信手捻來說出幾個，成龍電影的臨演都比不上中環打工仔的賣命。而既然都已經如此拚命了，再多做幾個特技表演也變得理所當然。

我常感覺別的地方是為五斗米折腰，而香港是為了五斗米下腰。

一般的專業顧問都需要一定的作業時間，才能有初步的結果可以交給客戶。在香港，如果不是超過一百頁的報告，基本上都是兩、三天後就必須完成；有時甚至會當天下班收到資訊，老闆隨即要求明天中午前要產出一份有精美圖表、深度分析的檔案。每次收到這種無理要求，我都想問老闆，我是中環魔術師嗎？電商出貨都沒要求這麼快的。

然而，老闆只會很欠揍地跟你說：「這種程度的檔案，找幾個人幫忙，好好弄一下，應該很快就完成了吧？」

不太清楚老闆對人類有什麼誤解，但我差的是幾個人嗎？我差的是《灰姑娘》裡面的神仙教母，而且還是那種午夜十二點魔法不會失效的那種。

現實人生沒有魔法，而香港同事絕大多數只要不是《灰姑娘》中的惡毒繼母就謝天謝地，不能奢望別人伸出援手，最後還是只能依賴自己，一邊工作，一邊用知道的各種語言詛咒老闆，還順便學了幾句泰文，因為覺得跟老闆間的恩怨，還是用泰國恐怖電影的情節來解決會更適合。

加班的日子長夜漫漫，整層樓除了你之外，只剩下定期巡邏的警衛。有時想跟他說幾句話，或至少打聲招呼，只見警衛先生行色匆匆，迅速瞥一眼便立即離開，一副只要大樓裡人都還活著就與他無關的態度，讓人無從搭話起。最後陪伴自己的，只有窗外另一棟大樓裡還未熄燈，也在通宵工作的陌生人。這個時候你才理解，城市原來是一個幾百萬人一起孤獨生活的地方。

天亮了，工作也完成了。將近五十頁的精美簡報，在一天之內做完，我內心無比激動，被自己這種無以倫比的工作素養和效率，感動得一場糊塗。上班前將簡報寄給老闆，不求他像歌手唱完歌後，台下聽眾哭成一片淚海般捧場；只求他閉上嘴，就讓這件事情過去。而人生就是怕什麼來什麼，投資銀行高階主管收到簡報永遠只會把檔案標得一場糊塗，再回你兩個字：「Please change.（請修改）」

言簡意賅，資訊量非常大，卻什麼都沒說。又是要加班好幾夜來把簡報改到他滿意。原本說好隔天就要寄給客戶，也只是開個小玩笑，本意應該只是整人。

我一邊修改簡報一邊猜老闆到底想要什麼，覺得每個月領的不是薪水而是通靈的費用，沒有一些特異功能無法順利完成工作。在這個快要爆炸的時刻，只能用夜晚數羊入眠的方式默念：「房租兩萬港幣，商務艙四萬港幣、四季酒店一萬港幣、手錶十萬港幣……」加上每月的薪水和每年的績效獎金取得內心平靜。果然，古人用銅錢鎮宅化煞是有道理的，只要錢夠多，連心裡的煞氣都能化解。

然而，就算再怎麼壓抑內心的情緒，偶爾還是會不由得悲從中來。

在別的地方我很少會吃麥當勞，因為不喜歡吃不健康的食物，但在香港開最晚又最方便的選項，就只有麥當勞。更可惡的是，就像香港被資本主義包裝得比其他亞洲城市更虛華一樣，香港的麥當勞裝潢也比其他地方都更高級，連名字都不一樣，叫做McDonald's Next，可以自選食材搭配漢堡和沙拉。所以只要一加班，我就發現自己又坐在麥當勞裡：在同一個靠窗的位置，吃同一份一百元港幣的沙拉套餐。

坐在位子上，我喜歡觀察周遭其他客人，這個時間點穿著正裝在麥當勞吃飯的，通常不是在金融業就是在律師事務所工作，因此我能夠透過他們的表情和肢體動作，輕易地解讀當下的心情。帶著笑容、肢體放鬆滑手機的，工作應該已告一段落，吃完馬上就要回家休息；而神情凝重、盯著螢幕手指緩慢滑動的，或許是在閱讀不久前收到的麻煩電郵，正為工作上的事情苦惱。

在香港麥當勞最特別的，是當你向角落望去，有時候會看到有人低著頭大口吃著漢堡，看似平常的畫面，但當你更認真看時，會注意到他肩膀微微顫抖，似乎有些不太正常，這才突然發現對方竟然淚流滿面，一邊往嘴裡塞著薯條，一邊用手擋住眼睛。

這時我才了解，有些情緒不是給多少錢就能忍住的；生活是如此難過，連麥當勞裡，都下起了雨。

投行求生守則：不要走無人開闢的野外小路

我想在投資銀行工作的人，都很難忘記第一次到銀行報到的感覺。

投資銀行辦公室所在地，通常是位於城市最繁華商業區中最高級的大樓。從通勤的過程中，就感覺自己被周遭高聳的建築物包圍，而這種仰之彌高，讓人感到渺小的心情，一進到室內大廳中，就立即被與眾不同的尊爵氛圍取代。因為投資銀行不跟別人共用電梯，所以這幾個入口是屬於在這裡工作的人們，銀行的標誌在入口上方，就像個沉靜穩重的紳士，隔絕了外界的喧囂，像是在迎接你來到一個專業、俐落、幹練的世界。

由於不知道接下來會發生什麼，我第一次報到時內心有些惶恐，甚至在樓下繞了幾圈才上樓。當時銀行的識別色是綠色，所以接待櫃檯的顏色及擺設也是以綠色為主軸。在穿越外面的都市叢林後，看到映入眼簾的一片綠，真的有種誤入叢林的錯覺。

我曾經聽別人說過，第一次的感覺都是最真實的，接下來的感覺多少會經過取捨、美化的過程，慢慢地變成了錯覺。因此，即使後來走進投行辦公室再也不會感到緊張，我還是保留了最初的直覺，投行是一個像野外叢林一般的地方。

既然是在叢林中，就要遵循野外的生存法則，不斷地快速學習與適應。相對於「公司花錢請你來工作，不是來學習的！」這個常聽到的說法，投行會花非常多錢及資源讓員工學習。然而投行每個月付最資淺員工底薪二十萬，當然不會讓大家悠哉地慢慢學習，就算做不到過目不忘，也期待你看完幾篇產業報告，就像灌頂一般，了解該產業的商業模式、成本結構、上下游及競爭關係。只要動作稍微遲緩，吸收步調慢了一點，就會跟不上別人的速度，在弱肉強食的世界漸漸被淘汰。

因為投資銀行的步調快到令人措手不及，所以工作模式以及表達事情的方式都要同步調整，而我一開始學到的技能是「把所有事都先做到百分之七十」和「重點永遠要擺在開頭」。

投資銀行的事情通常都是來得又多又猛，在必須同時處理很多事情的狀況下，最好的方式，就是把所有事情都先完成到一定程度。有點像手機充電一樣，從零到七十趴要花的時間通常不多，遠少於將工作收尾到滿意狀態的時間；因此比起專注將一件事情完成到百分之百，不如將事情都先處理到差不多的狀態，這樣一來，若有人在任何時間點要求你完成某項工作，或發生突發狀況時，你都可以游刃有餘，在短時間內處理好。

重點擺在開頭這個技能，我觀察是投行新人需要花比較多時間調整、適應，才能掌握的技能。因為對能力很強的人來說，這個要求是有點反人性的，結論或許非常單純，但優秀的人可能是經過縝密的分析和腦力激盪才得出結果，所以總會忍不住想先讓別人知道他精巧的思考歷程，再慢慢引導至最終結論，以為其他人會為此拍案叫絕，然而投行忙碌的高階主管只想拍桌大罵：「到底什麼時候才能看到重點？」

開頭一定要寫結論或重點，是投行表達事情最重要的原則；如果做不到，收到的回覆可能是主管劈頭一陣罵，或是請你滾蛋都不令人意外。

學會基本工作技能後，進階的技巧變成如何在任何場合表現得無比自在。即便今天會議是用一個完全陌生的語言進行，你也要泰山崩於前而色不變。因為人只要愈熟悉，身體反應就會愈鬆弛，你要做的便是展示出這種鬆弛感，讓別人覺得游刃有餘，一切盡在掌握中。

很多人都會以為在高盛、大小摩工作的人都非常優秀，其實裡面多得是搞不清楚狀況，卻表現出自己厲害無比的人。除了那些喜歡裝模作樣的人，老實說再優秀的人也會有不會的東西，如果你不學會藏拙，那就只能獻醜。獻醜幾次後會發現客戶對你漸漸不信任，同事也對你失去了尊重，開始做什麼都舉步維艱。不知為不知，千萬不能不懂裝懂，要做的只有安靜；在各種場合中，比起高談闊論，更重要的是保持安靜。叢林裡的獵人都是一聲不響的，無比弱小的生物也會披上唬人的斑斕色彩，在投行裡生存就是要把別人唬住。

職業生涯的學習到這裡，其實在專業度上，不管是實際的專業技能，或是裝出來的專業形象，應該已經足夠讓你在投資銀行這個行業繼續走下去。

＊＊＊

投資銀行的工作方式跟管理顧問的方式有些不同，不同管理顧問公司如麥肯錫或波士頓顧問，在分析事情上可能會有獨門的分析及思考框架。投行不太一樣，工作方式極度標準化，每家規模差不多的投行，除了文化上會有差異外，工作產出類似，所以只要在某家投行待幾年，就足以去任何一家投行，很少會有「這是ＸＸ銀行才學得到的技能」的狀況出現。因為技能樹都點得差不多，最後拉開人與人之間職涯差距的，不是專業知識，而是誰能夠在所有人都很相似的情況下，展現出有些不同的面貌。

投行的升職之路按部就班，只要不出太大的差錯，就能夠順利地三年升一次職級，一路升到 Vice President（副總裁）。副總裁聽起來很高級，但也只是投行拿來唬外人的噱頭，它在投行裡是極小的職位，大概三十歲或更早就能夠毫無懸念獲得的頭銜，而要再往下走，就需要有些特殊之處。

除了能夠為投行帶來生意這個最低門檻外，我觀察在投行裡做得很好的同事，通常都有讓人能夠一眼看見的特色，有的時候甚至是有點奇怪的特點。比如我過去任職銀行的英國人主管，是牛津大學畢業的，有傳聞他除了完成經濟相關的學位外，還修了一個鋼琴表演的學位。雖然他從未在同事面前表演鋼琴，每個人卻都深信他是位鋼琴大師，因為只要看他工作時那雙在鍵盤上翩翩起舞的手指，就有種在看鋼琴家表演的錯覺，一般人用鍵盤的手指彎曲，像弓著背走路的老人，他的手指卻動得飛快，張弛有度，像翱翔在海上的大鳥。每次站在電腦旁看他打字，專注力都會被他擺動的雙手吸引，他打字極有力，照理說應該會覺得嘈雜，但最奇怪的是，英國主管竟然可以用鍵盤敲出有些悅耳的節奏，讓人一點都討厭不起來，還覺得有些享受。

投資銀行部門人數眾多，大多都是只聞其名，實際上毫無印象，我卻很肯定即使是國外的大老闆，也都知道這雙將鍵盤敲成鋼琴表演的英國主管。他的職業生涯也非常順暢，最後一次看他 LinkedIn 上的職稱，已經變成某間銀行亞洲區部門負責人，以他的年齡來說，簡直是不可思議。

＊＊＊

這幾年我感悟最深的是，人除了不能盲目地追逐主流、熱門的事物，只有極小團隊在負責的業務或是非常新的領域，即使感覺有未來性，或是公司承諾只要加入就會給予高報酬，也千萬不能隨便嘗試。

在投行裡一直都有所謂的熱門產業，比如說TMT（Technology、Media、Telecom，科技、媒體和電信）就是大部分畢業生進入投行最想負責的產業，擠破頭都想要在相關組別工作。然而在TMT組工作，除了要有工作會持續到凌晨四點，回家洗澡、睡覺，沒幾個小時後要再立刻進公司工作的體力外，也要有換工作時一般人是跟十個對手競爭，而你要跟上百人競爭的覺悟。

過去有轉去TMT組的機會，都被我嚴正地拒絕，畢竟是去公司工作，不是去送命，每天還想多睡兩個小時。後來銀行想強化某個冷門業務，工作內容是不用現金收購公司，而是利用其他金融商品取得公司股權，問了很多人要不要去試試，我也在其中；當時覺得這個部門人很少，不需要像在大團隊裡，每幾個月都要與別人勾心鬥角搶專案，會用這種方式做公司併購的案件也不多，即使比較複雜，工作量也不可能大到哪去，所以就帶著可以喘一口氣的心情轉到了那個部門。

沒想到進到部門才發現自己完全想錯了，裡面就是全員神經病的狀況。因為案件不多，為了不讓自己的功勞被搶走，或是防止別人表現更好，除了使各種小手段阻礙別人工作外，只要發現別人有小到幾乎無人會察覺的失誤，就像瘋狗一般死咬著不放；主管也各個心機深沉，人人是戲精及笑面虎。原以為工作可以輕鬆一點，卻事與願違，最後甚至想去身心科拿藥，半年後實在忍不了，落荒而逃。

幾年後跟某位投行前輩聊起這段回憶，前輩說當時其他人看到我換去那個部門，心裡一定暗笑我是白痴。

「投行中這種人很少，或是很新的部門，是絕對不能去的，就像在野外看到不是人為開闢的路，絕對不能走一樣。」

「為什麼？」我追問。

前輩先露出「連這種事都不懂，虧你也工作了一段時間」的表情，隨後很有耐心地解釋道：「因為這種無人開闢卻出現天然路徑的小路，高機率是野獸出沒的地方。」

「你毫無準備地走進去，一定會受傷。」

從此，「不要走無人開闢的野外小路」，成為了我的工作哲學。

任何突然出現、吸引我向那邊走去的事物，不管看起來像捷徑，或是散發著無比誘惑，只要沒有可以依循的前例，或是信任的人帶領，我就會避開。因為隨意穿越人煙罕至的小徑，很可能會遇到蟄伏在暗處裡，等待著一口將你吞噬的可怕野獸。

真假富二代

在投資銀行裡，你的同事除了一些來自超級名校的學霸之外，還有一些來自富有家族，想出來體驗人生的富二代。

說是來體驗人生，但你也不能真的讓他們體驗平凡人的日常，比如說大量影印、調整文件格式，或是幫部門買便當……這些一般實習生的工作，我們都不會讓富二代們去做。因為害怕當他們體驗到太寫實的人生，會嚇到跟父母抱怨：「投行不是穿著帥氣去中環上班就好了嗎？怎麼每天都在影印跟檢查檔案啊？這麼低級的工作，我真的做不下去！」害我們莫名其妙得罪了二代背後的蔡董、王董與張董。所以，除了非常優秀的公子及千金外，基本上我們不會讓二代們經手進行中的專案，交付的工作通常都是已經有人做好，讓他們依樣畫葫蘆再做一遍。很像在補習班給學生上課，要先準備好題庫跟詳解，以免家長突然打電話來發神經。

因為部門只要加入一位富二代，所有中低階的員工都要花時間陪讀，自從開始工作後，我就一直不太欣賞富二代。

如果來的公子、千金是正常人，可以處理一些簡單的工作就算了，最常遇到的富二代以廢物居多，每每遇到都令人傻眼。我曾經就遇過一位台灣上市企業的千金小姐，整個人珠光寶氣、金光閃閃，手上Cartier美洲豹手鐲還鑲鑽的那種。我以為肯定是工作能力超人一等才敢活得如此奪人眼球，沒想到一起工作後，我只想閉上眼睛提醒自己冷靜，告訴自己千萬不能出手打人，或是把對方罵哭，以免惹禍上身。

每天我都在想：「怎麼有人連這麼簡單的事情都做不好？」印個資料，順序還會搞錯。好幾次我都被氣到內傷，已經忙成這樣了，想胡鬧可不可以留在自己家公司啊？真的可以為銀行帶來生意就算了，如果只是穿金戴銀，來閃瞎眾人雙眼的，可不可以換成請一尊金身媽祖放在辦公室，先不管神明會不會顯靈，就算放在那裡不管，改天金價大漲，賣了也不虧。

當然，也是會遇到優秀的富二代，然而這些能力強的富二代，總是會讓我想到在耶魯上課時教授提到的猴子實驗。實驗中，為了測試正腎上腺素對行為的影響，準備了兩個機關，一個只要花很小的力氣握住，就會出現一杯較小的柳橙汁；另一個則需要使用非常大的力氣，但相應的，也會獎勵一杯較大的柳橙汁。在一般的情況下，猴子都會為了得到較多的柳橙汁而選擇費力的機關，然而當研究人員替猴子施打針劑，降低體內的正腎上腺素後，猴子就變得只想選省力的機關，完全不想碰觸困難的選項。

那些優秀的富二代就像是血液中缺乏正腎上腺素的猴子，只想花費最小的力氣，從工作中獲得最基本的報酬。

這大概就是所謂「人類欲望滿足之後的鬆弛感」吧。要是我還沒開始工作，就已經從父母那邊收到價值數十億的股票，應該也不想花太多力氣工作。不過，即使能夠充分理解他們的心境，卻不代表我可以接受共事的人像度假般放鬆，例如每看完一篇研究報告，就跑去休息半小時。想要訓練微微發力，可不可以下班後再去報名瑜伽課啊？不是來體驗人生嗎？投行工作就是帶髮修行，結束時如果不感到自己馬上就要靈魂出竅、羽化成仙，那就是修行方式不對。

因為在投行每每被富二代搞得身心俱疲，除了工作這個我無法控制的場合外，私底下我會盡量跟公子與千金們保持不排斥但也不主動聯繫的關係。然而真實的生活，就是你越退避三舍的，就越會直接出現在你三米內的距離，無法閃避，只能學著與之共處。尤其是香港這種有錢人密度偏高的地方，完全滿城盡帶黃金甲，每個人家裡都有幾百桶金，躲都躲不掉。

老實說，跟二代們相處，如果是單純社交，除了要禮貌地聽他們極度單薄的生活體驗，如購物經驗分享外，並不像一起工作那麼難以忍受，所以如果有人積極的邀約，我還是會參加。

香港人聚會很喜歡約在私人會所，但因為私人會所非常多，幾乎人人都有某個會所的會籍。說實話，除了幾個門檻特別高的會所之外，有會籍也不代表什麼，一點也不值得拿出來炫耀。

某天晚上的聚會，地點又約在私人會所。一到門口，十個人中我只認識一個。因為被工作搞得太過疲憊，我實在無力進行社交活動，只知道我們人太多，沒有位子，不等就必須換地方。

週五夜晚不提前預定，除了一些地板很黏、杯子有抹布臭味的地方，我不認為哪裡會有位置，肯定要在大街上走來走去，來一晚港島漫遊。聽到有可能換地方的那一刻，我決定先去上個廁所。上完廁所往回走的路上，某個外國人突然很親切地跟我打招呼，問我今天跟誰來，坐哪裡。

我心想：「外國人真的很自來熟」，遇到誰都要小聊一下，心裡輕微不耐煩地跟他說：「跟朋友來，不過好像沒有位子，所以我們等下就要走了。」

外國人聽完一臉驚訝，對我說：「There must be a mistake. That can't be right. Please follow me.」（一定是搞錯了，請跟我來）。

然後我就跟他走了，接下來的劇情非常奇幻，櫃檯旁邊的絨布拉開，竟然會通到一個有大片玻璃可以看夜景的房間。

我們入座之後，同行人一臉「你是什麼大咖嗎？」的表情盯著我，殊不知我心裡也是一個大寫問號。原本還暗暗覺得可能剛好遇到服務非常好的外國人，直到後來一個服務人員問我：「你朋友要試試看你上次點的特餐嗎？」

我震驚。

這個時候我終於知道，會所員工一定是搞錯了什麼。不過，事已至此，我也不可能說：「不好意思，你們認錯人了，請把我們趕出包廂。」

然後繼續到門口等兩小時。

硬著頭皮點了「上次點」的特餐後，我真害怕他們端來一人一碗一頭鮑或是排翅套餐，還好只是某種辣味義大利麵。總之，那次事情之後，在場的人就以為我是什麼厲害的富二代，不是小開，是開很大，能在私人會所呼風喚雨的那種。

當晚結束後，原本我以為這件事就這樣過去了，沒想到認錯人事件似乎還在港島如火如荼地上演。除了到餐廳或酒吧時常會有折扣和免費酒水，有一次跟同事去辦卡，在辦公室收到時，對方看了看我的卡，問我：「你的卡怎麼那麼漂亮？還是金屬的？」我也不知，莫名的被升級，自己也非常困惑。

原本還想會不會是我鴻運當頭，像是住的地方在什麼潛龍出海的地方，或是辦公桌物品剛好像港片演的一樣擺成五星連珠，所以得到神明眷顧。直到我去參加 Art Basel 貴賓預展，要離開香港會議中心時，才百分之百確定事情不對勁，因為真的有人把我叫住，用一種認識我的語氣問我，等一下要不要去四季酒店的派對。

又來了，此刻我已確認我擁有雙重身分。我跟對方說抱歉，解釋要趕去跟朋友吃飯，對方還一臉不可置信，說：「但 Maggie 會去喔，你知道她馬上就要離開香港了，下次不知道什麼時候會再遇到。」

Maggie 是誰？講清楚，如果是張曼玉（Maggie Cheung），我立刻爽朋友約趕到現場。

Maggie 事件後，我的好奇心也被激起了，如果真的長得那麼像，搞不好是我們家失散已久的親戚。一次偶然機會下，我遇到據稱是香港某大家族親戚的男子，隨意地聊起這件事，順便問：「你有覺得我很眼熟嗎？好像常常有人把我認成另一個香港人。」

對方聽完表示小如香港，他看誰都覺得似曾相識。不過他也不意外會發生這種事，因為港人只要知道你從英國回來、住山上，稍微大方一點，姓氏跟新聞上會出現的富商剛好一樣，「大家就覺得你是新世界集團小開」。

他還向我開示：「兄弟，你應該享受這一切，你又不是偷他身分，給他戴綠帽。」

好吧，聽完我決定佛系地處理這件事，反正不是我主動騙人，無法控制別人內心戲演到哪裡。有時候如果是認識的人誤會，我還會澄清一下，但人很奇怪，你解釋了，別人反而以為你是要低調，更堅信你是富二代，完全無法撥亂反正。

成人世界的奇妙，在於你很少有機會看清楚任何人。除了一些偽裝阻擋了視線，社會人還習慣用自己的觀點調整看見的畫面，而短暫顯露出的真實，只要看出去的視線有一點偏移，就會恰如其分的錯過。然而，即使錯過，人們卻總認為，自己無比了解對方，吹噓著自己看人如何神準。

選擇相信真實的人，現在已經很少了。

尤其某些時候，你可能是最早發現真相的人，但這個世界還沒有準備好接受它，即使你很想告訴別人，還是會被迫保密。看著虛假的事物被人崇拜和珍視，或許會讓你感到痛苦，然而有些人或許正因為不真實的幻想而感到幸福或快樂，你真的應該因為追求真相，就奪走他們的幻想嗎？

所以，當遇到難以置信的事物時，或許應該享受而不是質疑。

比如我某天肺不舒服，跑到私家醫院照低劑量胸部電腦斷層，拿到天價帳單後，頓時覺得血糖有點低。在我決定硬著頭皮結帳前，有一位看起來很資深的女員工突然飄出，看著我說：「你不是都定期檢查？身體不舒服嗎？」

這彷彿認識我的眼神，有戲。

「沒有，就胸腔有點悶。」一邊說一邊觀察她的表情：「請問，這次費用是不是比平常貴？」

「因為你平常都是加選所以有折扣，只做單項檢查會比較貴，沒關係，我幫你改成加選的價格。」說完，立刻吩咐櫃檯幫我重打帳單。

離開醫院，拿著只剩三分之一價格的發票，我感謝香港是一個將事實包裹在美麗幻想中的地方。私家醫院女員工需要表現出自己的客戶眾多，且對每位重要客戶都體貼入微、瞭若指掌的形象，而我則需要一張更便宜的帳單。

因為誤會，我們最後都得到了各自想要的東西。

在投行工作的女人們

某日天還未亮時，我如往常一般將手機翻向眼前，視線雖然模糊，但依稀看出有一封將人名寫在標題的人事異動信。隨手點開郵件後，我也瞬間清醒了，內容是某位高階女主管將要接管全球投資銀行部門。

在這樣一個被認為非常陽剛、長期被男性掌控的部門，發生這樣的異動，無異為地殼運動，不知有多少人跌破眼鏡。當天上班，餘波仍然盪漾，幾位忿忿不平的男同事甚至議論起這位女主管，當中最熱烈的討論，是她從入職後就對外宣稱自己不孕，後來又突然懷孕的故事。

「我跟你說，我認識她時就聽說她身體有問題不能生育，大家也都覺得很可憐，前幾年她一直升職，多少也是上面的老大覺得她不會因為懷孕影響工作。沒想到剛升成合夥人後，她竟然說自己懷孕了，你說離不離譜？其他人都說是醫學奇蹟，我才不相信她真的不孕。」

男同事們大概覺得吸菸室裡只有男生，是可以暢所欲言的所在，毫不保留地盡情宣洩內心的不滿。無意中聽到這個傳言的我，只覺得那位女主管非常辛苦，假若不孕是真的，懷孕這個應該開心的事情卻成為別人攻擊的箭靶；說到底，就是不能接受女生升職，認為女生憑什麼升到那麼高的職位？升職還懷孕更可惡，簡直不敬業到極點：倘若不孕是假的，那更是讓人感到悲哀，身為女性主管，為了職業生涯能夠不被歧視，居然需要撒下如此的瞞天大謊。

老實說，這個人事異動也帶給我不小的震撼，回想最初進入投資銀行時的環境，由女性掌舵的狀況大概多數的人都無法想像。

我的投行生涯是從日本開始的，日本是一個性別角色界線分明的社會，男生、女生各該做什麼，彷彿變成某種生理習慣，自然而然就會發生；如果有異常的情況出現，大家就會像被強迫用非慣用手寫字般，感到非常彆扭。例如在日本開會或用餐時，待所有人坐定後，女生便會主動開始倒茶、分菜，即使現場有更資淺的男性，已經是主管的女生也帶著笑臉、彎著腰，替現場的所有男性服務。剛到日本時，這個畫面讓我感到不可思議，不管是男生泰然自若接受服務的神情，或是女性展示出的卑微，都讓我無比的坐立難安。

日本性別分工明確，男生擔任面向客戶的重要職位，時間到了加班，結了婚後升遷；女生則負責內勤或祕書類型的工作，時間到了準時離開公司，結了婚後回歸家庭。兩種人生軌跡差異巨大，卻是大部分人默認的規矩，像有雙無形的手在合縫對摺紙張，摺出了無比對稱的日本社會。

當然，日本社會的規矩也會有例外，面向客戶的職位中，業務的角色就常由女性擔任。投資銀行的業務部門即是如此，女性職員有很高的占比，她們的特色是面貌姣好，走進攝影棚跟明星相比也毫不遜色。我們銀行裡就有長得像日本女星石原里美及長澤雅美的女業務，每天上班只要看到這些女同事，就會有種自己在朝日電視台上班的錯覺。

最初看見美麗的同事只覺得賞心悅目，然而凡事存在即有原因，美麗的女業務也有她們不可或缺的角色。

* * *

投資銀行每次服務按服務性質及複雜度，跟客戶收費三千萬到三億台幣不等，為了維持友好的客戶關係，都會定期舉辦晚宴招待客戶。日本最常舉辦的活動是品酒會，銀行會租下五星級酒店如半島、麗池酒店最華麗的宴會廳，並聘請世界有名的品酒師替活動設計酒單，當晚活動的主角可能是波爾多的十支特選紅酒，或是一系列精心挑選的香檳組合，再配上精緻的佳餚和起司，就是一場賓至如歸的成功晚宴。

有了令人陶醉的美酒、讓人回味的美食，當然不會缺少養眼的美女。活動當晚，美女業務們會一字排開，擺出娉婷的身姿，站在宴會廳門口等待。每當有重要客戶來臨，女業務會笑臉盈盈地上前，領著客戶進場。活動進行到最後，常能看到年長的客戶紅著臉，親暱地攬著女業務喝酒貼臉低語，每回看到這種畫面都令我錯亂，搞不清楚自己是在招待客戶的品酒會，還是週五夜晚的銀座酒店。

或許因為過度親暱地陪客戶吃飯、喝酒，是美女在投資銀行裡不可避免的工作內容，業務部同事高山小姐乾脆直接在六本木兼職當女公關，將被老男人吃的豆腐直接變成現金流。最初只是細碎的謠言，沒想到高山小姐對於自己女公關的身分一點也不感到難堪，當得知別人知道時，除了希望對方保密外，還會遞出一張寫著花名的名片，開心地說：「有空請來捧場！」

想到年薪破千萬台幣的高山小姐要我去幫她捧場，只想請高山小姐高抬貴手，放過窮苦男性，專注榨乾日本沙豬老男人。後來與高山小姐漸漸熟稔後，才知道高山小姐是奉行「心疼男人倒楣一輩子，給男人花錢倒楣三輩子」的女性，因此她雖然不喜歡工作中與男性的某些互動，最恨的卻是為男人花錢，所以只要能在過程中從男人身上大賺一筆，吃點小虧就當作是場噁心的噩夢。

對於投行女性的角色定位，高山小姐可能是當中適應特別好的，然而卻不是每個人都能抱持著同樣的心態，尤其在更讓人無法接受、無能為力的事情發生時。

在國外 Me too 運動盛行前，雖然銀行會定期舉辦反性騷擾相關的課程，但日本長期漠視性別議題，真的把這件事放在心上的人並不多。尤其是投行男性腦筋靈活，就算嘴上談論女性也絕不可能指名道姓，會用代號來指稱。

在投行裡，我們會根據客戶交易的規模、頻率及實際的獲利，將不同的客戶分類，最高等級的會標上「策略級」，差一點的是「重要」，最低等的就是「不活躍」。這個分級也被直接套用在銀行的女同事身上，男同事會定期決定哪些年輕女同事是策略級，哪些年紀漸增的女同事要被降級為普通。

歸類結束後，只要再套上早已決定好的身體部位代稱，比如美金即為胸部，就能毫無壓力地在各種場合對女性品頭論足：「你有看到今天策略級客戶的美金部位嗎？比之前更大，真想跟她開會多談一些業務……」，即便女同事聽完覺得內容有些奇怪，也很難聯想到背後實際的意涵。

因為有信心不會被人發現，部分男性變得更加肆無忌憚，漸漸也開始有女同事聽出被文字遊戲包裹的低級趣味。但因為談話內容不容易挑出問題，即使提出抗議，理由也顯得蒼白無力，真正讓這件事情停止的，是另一個震撼全銀行的人事異動。

某天，跟我感情不錯的同事一臉神祕地對我說：「你知道亞洲資本市場部門的老大，法蘭克要被解雇了嗎？」因為時機實在太過奇怪，大家都能嗅出當中的不對勁，也早已有人挖出真正的原因，原來是他在出差時，性騷擾了某個日本的女業務。

「被騷擾的業務，就是你的同期梨紗子啊！」同事語帶驚訝，一臉「你竟然不知道」的表情，讓我不禁反省自己是否對周遭發生的事情太過冷漠。

剛進銀行時我跟梨紗子非常熟，因為她是海歸（從國外回日本工作的留學生），所以我們可以無障礙地用英文溝通，之後因為部門不同，就慢慢變成偶爾一起吃飯的同事關係。隨著大家的工作越來越忙，最後連約吃飯都很少，只知道她非常受到老闆賞識，不管是東京分公司的總經理，或是亞洲區資本市場的最大主管，也就是法蘭克，都很欣賞她，而騷擾事件發生的那段時間，她正在準備婚禮。

投行生活平淡，突然出現一件重大醜聞，所有人都用遠超過工作的熱情緊盯著事情的進展，很快地，相關資訊就像電腦病毒般向外蔓延。這個時候我們才知道，性騷擾事件的受害者並不只有梨紗子，法蘭克簡直將資本市場部門的女業務當作他的後宮，如同每個城市都要置產一般，在亞洲各大城市東京、香港、台北、上海都選了女業務騷擾，多年來所有人都默默忍受。要不是這次銀行再也壓不下去，這種情況可能還會一直持續下去。

通常跨國公司只要有醜聞出現，即使是一點微小的星火，也會立刻有一整個滅火部隊快速將火苗捻熄。而這次公司火速開除法蘭克的原因，是另一家總部在歐洲的投行，有位法國女生在香港實習時被主管性騷擾，直接告上了法國法院。這起新聞在歐洲鬧得沸沸揚揚，有包庇嫌疑的銀行更被政府警告，我們銀行可能擔心梨紗子如法炮製，最終決定處置法蘭克，以免事情鬧大。

這件事來得驚天動地，但就像金融市場所有的事件般，再大的震盪也只是幾個交易日，很快就與我們的生活毫無關聯。事情真正的細節，是很多年後我在紐約遇到梨紗子才得知，或許是因為在異鄉迫切地想找人說話，又或者是這段往事一直在她心底積累著，排解不出，她突然在晚餐過程中提起了當年的性騷擾事件。

「……法蘭克每次出差，晚上都會把我約去飯店酒吧，我不是很會喝酒的人，常常喝到一半就覺得意識不太清楚，實際聊了什麼也不記得，只記得法蘭克對著我笑，還有我裙子裡的那隻手。」

「事情發生之後，我真的不知道該怎麼辦，我把事情告訴當時的未婚夫，他一直勸我不要找銀行投訴，說我進入這行的時候，難道沒有會遇到這種事的覺悟嗎？」

「因為知道其他女業務也有遇過同樣的事，於是我去找了其他人，但其他人不想惹麻煩。原本我很想放棄，但我真的不想息事寧人，不只為我自己，也為別人，我一定要說出來。」

事過境遷再聽到當年發生的事，震驚程度有增無減。或許是因為太過震驚了，我也沒有說太多安慰的話，只告訴她：「我覺得妳做得很對，一定要把事情說出來。」後來想想，或許她想聽就是這句「一定要說出來」吧，只是在她最想聽這句話的時候，卻沒有任何人給她支持。

最後，梨紗子說她已經離開了投行，終於不用再擔心被客戶騷擾，以及結婚生子會被銀行冷凍。但她為這個工作付出了這麼多的時間和青春，多少對這個工作存有非常複雜的情緒。

「想想真有點不甘心啊。」她笑著說。

梨紗子大概沒想到幾年之後，投資銀行部門會由女性接管，而女性成為高階主管的狀況，會從過去的少到幾乎沒有，轉變為業界的常態。

不知不覺中，所有事情都在往更好的方向前進，看著這一切漸漸發生的我，覺得非常安心，也非常滿足。

在美國，人人都是「古德」

離開香港後，我覺得自己進入了一個非常禪定的狀態，在香港發生的種種——生活中的跌跌宕宕、工作裡的勾心鬥角，甚至是嘈雜且地上散布細碎垃圾、汙水，看起來一地狼藉的街市，都讓我逐漸修煉出一顆寧靜的心；遇到什麼事都覺得沒差，發生任何鳥事都能夠淡然，反正「再差不過香港」，用一種看破紅塵的心境，面對我的美國人生。

尤其是剛到美國的初期，我回到了學生的身分，不用再被工作壓得喘不過氣，生活又流動了起來。走在耶魯大學的校園中，填滿視線的是建築體爬滿各式浮雕和雕塑，有著花窗玻璃的哥德式建築。耶魯的校舍據說是美國商人在看過英國牛津及劍橋大學後，回到美國捐款興建的，除了外觀莊嚴肅穆外，還模仿了英國學校的「住宿學院制度」。大學生進入耶魯時，會像哈利波特描寫的一般被分入不同的學院，十四間學院風格相似卻略有不同，有各自特別的傳統和規矩，住在其中的學生，踏入其中時，彷彿便被烙上了無形印記。

除了大學生的住宿學院外，也有屬於研究生的宿舍，但不像所有大學生每位都會有自己的歸屬，只有特定學系的研究生，才會保證被分配進研究生宿舍。這些學系往往是耶魯最強勢的專業，例如出了好幾任美國總統和無數美國政壇重要人物，全美當之無愧最優秀的耶魯法律學院，就有校友捐了六億台幣蓋的宿舍「貝克殿堂」。

不同的身分擁有不同的東西，耶魯是如此涇渭分明，雖然有種無法言說的階級感，然而剛踏入耶魯的我只專注享受耶魯白朗的晴空、蔥綠的草坪，以及空氣中不帶一絲冷意的悠然午後。看著臉上蓋著書，坐在長椅上靜靜地睡去的耶魯學生，我心裡感到一片祥和，並不覺得耶魯細緻地將學生標籤，再進行分類的行為有什麼奇怪，甚至覺得理所當然，如同每天都必須經歷的上課、下課，再正常不過。

直到某天我收到要求搬離宿舍的通知，才發現耶魯生活的畫面，其實不如我想像的明亮、和諧。

當時我住的宿舍，就是屬於法律學院的貝克殿堂。可能因為剛蓋好加上費用極高的原因，多數的法律系學生寧可去外面租房子，也不願意住系上的宿舍。或許是為了填補空置的房間，法律系決定讓其他學生也能住進貝克殿堂，我也就陰錯陽差地住進了應該只有耶魯天之驕子法學院學生才能入住的宿舍。

法學院想收住宿費，而我們需要住宿的地方，原本關係單純而直接，但所有東西只要牽扯到了利益，就只會越來越複雜迂迴，搬離宿舍的事件也是類似的狀況。學期快結束前，我們突然收到信件，要求非法律系學生在學期結束前清空房間，在大家都忙著準備期末報告及考試時收到這個通知，令所有人都措手不及，是共產黨徵收民宅蓋高鐵嗎？真的沒想過會在耶魯遇到這種要你立刻滾蛋的房東，而且還不是華人黑心二房東，是學校單位。

在我們感到一片錯愕的情況下，幾個美國學生立刻去打探消息，背後原因竟然是法律學院每年假期都會開設短期課程，原本只能收學費，如果能再包住宿就可以每人多賺十幾萬台幣。這種有錢不賺王八蛋的邏輯，讓我感到無言。幾位忿忿不平的舍友開始與法學院展開了激烈的郵件往返，但全美國最優秀的法學院，怎麼可能會在法律上站不住腳，肯定在住進宿舍前簽署的契約裡，就暗藏了一段自己可以亂來的文字。即使住到一半把人趕走很不道德，臨時要人找新地方住很沒道理，不過誰叫你們不是我們法學院的學生呢？法學院最後也沒有多說什麼，只用了一封：「很抱歉，但查無不法，謝謝。」為這次事件畫下了句點。

經過這件事後，以為在美國沒有任何事情能夠動搖情緒的我，竟然發現自己漸漸無法釋然，凡心又開始鼓動，慢慢地，三字經又開始要從嘴裡飆出來。這一切的轉變令我感到害怕，畢竟我已經歷了法國人的機車、日本人的壓抑和香港地獄般的生活環境，美國之於我，應該就像是西方極樂世界那般美好才對。果然我還是修行不夠，要我愛上美國不說她壞話，必須向佛祖懺悔，我做不到。

老實說，一開始跟美國人相處，真的是驚豔，覺得他們人也太好，各種問候和無比正面的回應，如很好（awesome）、完美（perfect）、太棒了（wonderful），聽完人生彷彿也完美了起來。相比之下，法國人太直來直往、香港人太冷淡，日本人有點沒個性，讓我感到來美國前的人生就是一場磨難，好在一路跌跌撞撞，積了一堆陰德，才能在美國遇到那麼多好人。

美國夢令人如痴如醉，就連跟我一起來美國，愛抱怨到不行的法國人前同事皮耶爾，都跌破眼鏡地貢獻出了我認識他以來，最正面積極的評語。

「美國真好！」

是啊，美國真好，所有人都好，不管怎麼問候，人人都是「I'm good！」（我很好！），聽久開始讓人不寒而慄，好像被別人問候時你也必須露出八顆牙齒燦爛微笑，並告訴對方：「I'm good！我是古德！」太嚇人了，怎麼大家都是古德？看到別人愁眉苦臉，關心詢問對方：「還好嗎？」對方還是一句「我是古德」，讓人滿頭問號，你真的很好嗎？為什麼又是古德，到底誰是古德？

最恐怖的是，在美國，你不能不好，不是古德。

美國人跟法國人很大的不同，就是跟美國人起爭執時，他們非常不能接受自己不是正義的一方，簡直美國隊長上身。即使今天他表現出來的行為是個超級混蛋，還是死要假好人。明明說好年底要加薪，但美國人上司在食言之後，還能夠跟你約一小時一對一會議，說明自己不幫你加薪帶給你的五個好處，想洗腦你：「加薪只會害了你！你怎麼不明白我是為你著想，我的用心良苦？」反觀我以前在法國，當我在學校或公司覺得權益受損，跟主管理論時，法國人就會很坦蕩蕩地不管你死活，一臉我就是機車你奈我何的語氣表示：「不爽你滾。」

從結果來看，不管在美國或法國，正義都無法伸張。然而同樣是受害者，在法國，你可以正大光明地恨加害者，對方也知道自己是個爛人；但在美國不一樣，美國人會告訴你：「我這樣做是為你好！」

潛台詞是想告訴你，要是不同意就是不知好歹、不知感恩、不要臉，甚至不知羞恥。我們大發慈悲給少數人種這麼好的機會，你們怎麼可以那麼不知感恩？

天啊，就加了這三個字「為你好」，加害者就像念了三萬遍《金剛經》，直接立地成佛，不但不准你恨他，還要問你：「We're good？沒事吧？我們還是古德嗎？」再逼你回答你很好，像被人打到住院還要跟惡霸說：「打得真好，舒筋活血。」遇到變態被摸還要道謝：「感恩，剛好屁股有些癢。」一般，令人火冒三丈。

當然，美國有很多很棒的人，畢竟美國把全世界非常優秀的人都聚集在一起。然而，在我生活中最常遇到，真正掌控美國社會的那些土生土長、常春藤學校畢業的白人男性，大多讓人想罵髒話。白天不懂夜的黑，白人男性不知道自己有多白痴，時時令我大開眼界，每每令我拳頭發硬。

大家不要以為哈佛、耶魯畢業生就一定有多聰明，如同這幾年鬧得沸沸揚揚的新聞，許多美國學校實際上只要肯花錢，誰都能進去。

舉兩個例子，我在耶魯課堂上就遇到一位不會說英文的中國女生，每次上課輪到她發言就像看歷史劇，彷彿看見中國皇帝接見外國使臣的畫面，教授說什麼她都回中文。後來教授受不了，只好請我翻譯，就這樣，我充當了一個學期的私人翻譯。

很多年之後，我去廣州出差，那個中國女生說她爸媽想請我吃飯，一到她家我嚇瘋，佔地跟台北東方文華酒店差不多，內部裝璜還更高級。瞬間我理解了，以她家的財力，誰管她會不會說英文，只要還會呼吸，耶魯就能來去自如。

我在美國工作時，有一次公司開會，會議中討論到一個很基礎的財務估值，只要用兩個數字，就能夠很快地算出比率。以前跟法國或其他亞洲人共事時，大家都是一秒反應，而美國同事會讓你以為自己問他太陽到地球的距離，所有人就在那裡等他慢慢算，我崩潰，誰有這個美國時間？很想請他先回國小好好練習加減乘除，再回來參加成人的公司會議。你問他從哪畢業？長春藤名校哥倫比亞大學。

就這樣，在美國聽了無數次「我很好」和別人說的「為你好」後，我覺得整個人都不好了起來。

＊＊＊

來到美國，體驗了美國人極致的功利主義後，才發現自己對「好」這個字有多麼厭倦。一路走來，不停地追求好的學校、好的工作，希望別人對你說一聲「好」。然而，當它如同洪水一般淹沒你的人生時，才發現最不好的，是自己對於完美病態的執著；念了台大後必須再念個常春藤名校，做投資銀行必須做前台，出國工作必須在美國，永無止境，沒完沒了。

有時候，我也會很想回家，很想見家人。覺得自己已經這麼努力了，為什麼我要的「好」，還是離自己那麼遙遠？

然而，不管我好不好，在美國的每一天日子，我還是要一直假裝自己是古德吧！遇到人微笑、寒暄，假裝對事物感到興奮，當個稱職的古德。

不過，我心底永遠知道，只有回到台灣，在家人身邊，我才能真的很好，成為真正的古德。

Z世代新人

如同很多人一樣，疫情打亂了我對人生的規劃。彷彿看不到盡頭的封城、宵禁以及工作簽證問題，讓我感到極度疲憊；在身心狀態達到幾乎要潰堤的程度後，我決定申請回台灣分公司待一陣子，等一切塵埃落定之後再回國外工作。

沒想到原本以為會很快結束的疫情，竟然像末日電影一般不斷地出現各種變種病毒；以為馬上要劇終了，實際上戲才演了不到一半。然而，整個疫情雖然歹戲拖棚，卻也並非沒有任何好處，當中最大的優點，就是可以戴口罩上班。

戴口罩真的太重要了。因為工作對我來說，困難的從來都不是建複雜的 Excel 財務模型，或是做上百頁華麗的簡報，最難的，是表情管理。

莫忘世上傻人多，上班百分之八十的時間都要與傻子主管做深度交流，你實在無法控制臉部肌肉自動擠出「你怎麼連這個都不懂？」或「連這個你也會搞錯？」的紋路。每每有理說不清，只想拿出進化槍對準主管，照他個三天三夜，到底是哪個動物園跑出來的靈長類動物？完全聽不懂人話。

總之，自從戴上口罩後，我安心了許多，至少不用一直擔心自己相由心生，鄙夷神色在上司面前一覽無遺，甚至不小心發出一聲「嘖」。多虧口罩，我終於在職場打滾幾年後，得到了我以為一生都沒辦法習得的技能：喜怒不形於色。

就這樣，我自以為高深莫測了一陣子，游刃有餘地與各種未進化人類和諧相處，直到新物種「Z世代」，闖進了我的職場人生。

其實新人我也看得不少，個性和表現當然也因人而異，然而Z世代的新人讓我感受最強烈的，是他們非常在意事情的本質。這樣講有點模糊，舉例來說，以前遇到新人提問，他們大部分都會試圖問所謂的「聰明問題」（Smart question），就是問來讓人驚豔的；提問者通常對問題本身非常了解，根本不需要別人解答。雖然有些故作姿態，老一輩的長官卻喜歡這樣的新人，因為這代表新人說出的話都經過思考，同時也給人一種很積極的形象。

不同於過去新人提問都有脈絡可循，Z世代新人喜歡問：「為什麼我們不做這個？這樣不是比較好？為什麼要多花錢？」這種一不小心回答，就會得罪人或洩漏部門黑暗面的問題。很多策略性決策背後都有複雜的人情世故，我也不方便評論。可怕的是，Z世代只要覺得奇怪，就會刨根究底。戴著口罩被問題轟炸的我，彷彿置身巨星離婚記者會，讓人招架不住，很想大喊：「全部給我閉嘴！」把奇怪的問題先擺一邊，我們先一起來看本週的科技股走勢好嗎？

Z世代除了提問令人無法招架外，回答問題時也讓人懷疑人生。

某次聽到同事在問新人問題，對話重點是想跟新人確認目前工作狀況，並用詢問的方式，軟性地要求新人協助處理某件較緊急的事情。在我還是新人的時候，聽到上司態度提出類似的問題，就算忙到快要暴斃在電腦前面，只要上司稍微強硬一點，就會在露出為難表情一秒後立刻答應，結尾還要加一句「Happy to help.」（很高興能幫忙）！

但我偷聽同事跟新人的對話，越聽越感到錯愕，新人非常直接地對同事說：「很抱歉，我現在沒有餘裕可以幫你做事。」

雖然看不見新人口罩後的真實表情，卻可以確信他臉上沒有任何拒絕人的為難，因為他馬上又接了一句：「如果要同時處理其他的事情，會讓我無法專注在工作上，這樣我覺得有點困擾。」

他如此的直言不諱，讓我以為自己在做夢，現實世界怎麼會有人如此毫不修飾，簡單粗暴地把真心話說出來？主管的要求讓人困擾，這是每個下屬心中不能說的祕密，被他毫無保留地說出，簡直像在玩真心話大冒險，而不是在上班。原本以為是個案，然而在聽到其他同事分享幾個類似事件後，我只想請一天假去參加Z世代畢業典禮，搞清楚他們領到的是畢業證書還是誠實豆沙包，怎麼每個人都直率到這種會嚇到人的地步？

總之，在耳聞並短暫接觸Z世代後，我對待Z世代的原則就是「能避就避」。

老實說，工作上我是一個很溫和的人，很少對同事或新人動怒，尤其工作漸漸久了，早已佛系上班，領薪水或做專案，就像化緣與念經，除了維持辦公桌整潔，我不惹任何塵埃。尤其戴上口罩後，開始修閉口禪，會議絕不發表意見，一定要說話只會說：「你的想法很好，我同意」，角色定位是方丈，俗事我不過問，只要薪水領到即可。

沒想到，某天部門竟然規定每個人都要輪流帶新人，即使我手邊沒有需要幫忙的專案，也被要求找事情給新人做。想了想，只好跟新人說：「那你們幫我做會議紀錄好了！」害怕他們沒經驗，還很貼心地指示：「聽到什麼記什麼，不用特別刪減，我之後再調整就好。」

然後拿到檔案時，我瞳孔地震。

真的是聽到什麼記什麼，連主管罵髒話都寫下來，還很貼心的幫忙消音，各種起承轉合，激動處還加了三個驚嘆號「！！！」，生怕讀者沒有身歷其境的感受。文風像小說其實我也就算了，最大的問題是居然沒整理會議後的確認事項，結尾只留下一句懸念：「下週同一時間，繼續開會討論」。哇靠，還是章回小說，預知後事請如何，且待下回分解。

無法相信公司能招到如此才華洋溢、熱愛古典文學的新人，我還特別把人都叫過來，想搞清楚到底發生了什麼事。沒想到幾個新人興奮不已，告訴我：「這是我們一起記錄的，之後再一個人統整，這週統整的人是蛋餅。」補充一下，蛋餅是我幫其中一個台大畢業新人取的綽號，會叫蛋餅是因為他某天上班穿了一件有蛋餅圖案的襯衫，驚呆了辦公室一群只穿訂製白襯衫，手腕還要別袖釦的中年男人，故稱之。

「你之前有做過會議紀錄嗎？」我先溫和地問。

「沒有，不過我下禮拜還可以繼續做。」蛋餅一臉得意中帶著羞澀，彷彿我要誇獎他的表現，再度驚呆了我。

「學長覺得好嗎？」蛋餅追問。

果然是只要你不尷尬，尷尬的就是別人。如此理直氣壯，讓我精神錯亂，最後只建議：「還不錯……不過，還是條列式比較清楚，另外下次記得要把 follow-up items（追蹤事項）列出來。」

然後，新人只接收到了「還不錯」的部分，繼續用小說體記錄會議。後來真的像周星馳電影裡說的一樣 I 服了 U，我真的怕了蛋餅，也不管了，反正不是給客戶看的，就默默存在資料夾裡，以後寄給出版社好了。

在交代 Z 世代工作遭遇不小震撼後，為了避免他們給我的生活帶來更多的驚嚇，我決定暫緩修行，默默地觀察起他們的行為，最先被我鎖定的就是蛋餅。

蛋餅非常地做自己，做自己的程度讓我懷疑他擁有阜杭豆漿或其他連鎖早餐企業股份，就算被轟出公司，也能有吃不完的蛋餅和油條。有次蛋餅加入我與大老闆的會議，大老闆是金融圈大佬，投行圈沒人遇到他不是畢恭畢敬，連我如此佛系上班都得繃緊神經。他給什麼工作，全公司的人都是：「感恩師父、讚嘆師父、師父萬安！」當然，除了蛋餅以外。當大老闆要蛋餅做產業研究，蛋餅想了想，非常嚴肅地回答：「這個，我覺得還是請外部顧問研究比較好。」

他說完的當下，我的反應是「我是誰，我在哪，我在做什麼？」

第一次聽到上司交辦任務有人拒絕的方式是「建議外包」，尤其我們本來就是專業財務顧問，這不就像麥肯錫顧問接到工作，在會議中跟老闆提議：「那我們找BCG（波士頓顧問公司）來做好了」，不知蛋餅腦袋裡在想什麼？想幫他找台階下，無奈蛋餅已經飛上天了，我真的找不到那麼長的梯子，只好讓他跳下來，我肉身去擋，自己把工作接下來。

然而，如果你以為蛋餅就是來坑人的，其實也不是。

蛋餅下班時間甚至比我還晚，不是在埋頭苦讀報告，就是在研究Excel模型。另外，蛋餅為人非常仗義，其他新人搞不定的東西，他就會一肩扛起，工作也不拖沓，先不論產出如何，其實算是努力又有責任感的新人。

有天我問他：「你怎麼每天都待這麼晚？」

蛋餅回答：「我想要趕快把東西學好，之後就可以跳到更好的公司工作。」

「……」（孩子，你這麼老實好嗎？）

雖然微傻眼，但漸漸地，我對蛋餅開始有了全新的認識。他太而化之不代表沒有全力以赴，比起我剛進入職場的謹小慎微，他大膽得多，不一定是白目。或許是生長在串流、虛擬貨幣、短影音崛起的時代，又在求職時經歷了百年一遇的疫情，根深柢固地了解到循規蹈矩的危險；越按部就班的人，最後得到的越少。

對啊，為什麼我們總要照著規定來？別人要你背字母，你就一定要從

A 一路念下去，二十六個字母一個都不能少？

當你還在一個個細細描繪，得意於自己是如何把每個字母，寫得宛如印刷一般地完美時，別人早就大筆一揮寫上了「Z」。

大步地，走到了離你很遠的地方。

難道偽裝是求職必殺技？

工作久了的好處，就是生活會進入到一個很穩定的狀態，像成為一條特別寧靜的河流；即使水面的下方有些暗流，或隨著季節變化會出現汛期、枯水期的水位起伏，但總體來說，還是比剛開始工作時，像是在湍急的溪流裡泛舟，水面波瀾起伏，不知道會被沖向何方的感受好得多。

因為職業生涯有過幾次成功的求職經驗，有些人會以為我屬於那種只要面試，就一定會被錄取的天選之人。事實上，因為屬於全球人才市場中最沒價值的亞洲男性，我剛從法國高等商學院或耶魯大學畢業時，也是經歷了非常多失敗，甚至有些難堪的求職過程。

對於剛畢業的商學院學生來說，高薪工作基本上來自固定的幾家公司，因此所有人都在競爭同樣的職位，激烈程度如同現代版《三國演義》，幾乎每次求職都要像關羽一般過五關斬六將，甚至有些不知道在想什麼的公司，還會面試八次左右，面試到最後，當面試官問我：「請問你還有什麼問題嗎？」我只好奇在見過七次面後，他還期待我問什麼？除了問候他全家外，我真的沒有什麼好問的。

我印象中高盛在歐洲的團隊，就需要面試很多次。因為高盛對於招募新人非常謹慎，所以希望求職者在面試過程中，至少跟團隊每個成員都對談過，讓原本就很冗長的招募流程，又增添了一點台灣傳統家庭選女婿般的色彩。原本以為已經與辦公室所有人都聊過了，卻又接到人資部門通知，要再臨時跟某位從杜拜出差回來的小主管面試。很像下週就要去戶政事務所登記結婚了，突然被要求跟女友從台中上台北的姨婆見面，姨婆不滿意還不能結婚，讓你滿頭問號，不是父母都同意了嗎？這位姨婆又是從哪裡冒出來的？

另外，高盛面試還有一個很有名的特點，就是會重複問同樣的問題。一位面試官結束後，下一位進來的人又問了你同樣的技術問題。我甚至遇到同一個人十分鐘前才問過，面試結束前又問了幾乎一模一樣的問題，讓人懷疑他是怎麼混進高盛的？同樣的話到底要問幾遍，是在跳針嗎？然而，如果你把自己當作安養院志工，彷彿對方中年失智般，很貼心地又把十分鐘前的回答，原封不動地再說一次，那你高機率要跟高盛說再見了。

重複問一樣的問題，其實是要面試者換一個角度把問題再回答一次，並非要大家跟著一起跳針，而是要測試面試者看問題的廣度及深度。因為同樣的問題，不同職級的人看的角度都不一樣，如果思考無法跳脫初級員工思維，或擴及更複雜的情境，那你就不是高盛要找的人。

另一家精品投行拉扎德(Lazard)，歐洲辦公室的員工可能被操得太凶，面試時女面試官一臉蓬頭垢面，空氣中隱隱地瀰漫一股久未洗澡的皮脂味。所有人都知道拉扎德是投行中有名的血汗工廠（Sweatshop），但我也沒想到面試過程也是撲鼻而來的汗味，嚇壞了當時還是學生的我，難道不能先洗個澡再來招募新人嗎？不過，後來我真的進入拉扎德工作後，也不怪當時來面試的女主管，以拉扎德的工作量，如果不是要去見重要客戶，我也懶得洗澡。

在拉扎德做得好的員工個性普遍都很強勢，這可能也是拉扎德可以成為精品投行中，少數在美國跟歐洲發展都很成功的原因。在面試的過程中，我也能充分感受到這個特點，當我回答跟面試官產生分歧時，感覺對方語氣彷彿要找人打架般激動，好幾次都想請他冷靜一點。另外，因為我還是學生，也不確定正確的策略是跟他吵一架來展現自己很有想法，還是默默接受他的觀點來表示自己很受教。總之，面試完覺得精神有些耗弱，要不是在面試，對方早就被我踹進塞納河了，實在是忍得太辛苦，所以身心變得非常疲憊。

然而，我遇到最可怕的面試，竟然不是投行的面試，而是一間丹麥的藥廠。

這間公司這一兩年因為發展出減肥神藥，變成歐洲市值第一大公司，成為超過母國丹麥GDP的超級企業。幾年前我去面試時它還遠沒有這麼知名，但也是畢業生熱門的求職公司之一。當時我剛從耶魯畢業，因為覺得投行太辛苦，在要錢還是要命的抉擇下，還是想找幾個薪水還可以又沒那麼要人命的替代方案，這間丹麥公司就是其中一間。

丹麥藥廠前幾輪面試都非常正常，雖然還是有語文、數理測驗及簡報，不過難度跟投行比起來，就很像在寫基礎題，能夠很輕鬆地通過。最後階段的篩選，是所有候選人一起到丹麥總部參加為期三天的招募測試。比起投行一般是一到二天完成，其實花三天算是有點久，但畢竟食宿和機票都是公司負責，也沒有什麼好抱怨的。

來到藥廠總部，立刻就驗證了藥廠都非常有錢這個傳聞，除了大樓很高級外，每個參與者都有一台 iPad，裡面已經存入這幾天所有需要閱讀的文件及每個人的行程表。因為已經參加過幾個投行類似的招募活動，我原本心想應該大同小異，就是一連串跟不同部門的單獨面試、群體面試，再加上專題簡報。仔細看行程後才被嚇到，除了面試外，還有一連串的社交活動，從早到晚幾乎沒有空檔，簡直像兒童夏令營。更令人摸不著頭緒的是，還有一些遊戲及健康操的環節。我暗暗想，這應該是丹麥人的幽默，不可能真的集合我們這群成人在室外跳操吧？

在跑完一兩個行程後，我漸漸感覺到有些不對勁，因為這間公司似乎非常希望大家展現出一種活潑、無私且天真無邪的孩童氣質。面試基本上沒有任何專業題，幾乎都是情境題，因為這間藥廠專攻糖尿病治療，所以其中一個問題是詢問參與者對糖尿病的看法。

問題本身非常合理，然而面試官表示，希望聽到大家「更內心層面，最好帶有個人經驗」的想法。

正當我還在疑惑這種慢性病，一般人會有什麼個人經驗時，其他人都說出了一段段令人潸然淚下的人生故事。不是家裡有人得糖尿病，就是最好的朋友死於糖尿病，讓我彷彿回到高中考試寫作文，都要準備一個垂死親戚才能拿高分的錯覺。

當時如果要壓制全場，我評估自己需要邊流淚邊翻開衣服，露出皮膚上注射糖尿病藥劑針孔的痕跡，再分享一段糖尿病患者的心路歷程，才有辦法脫穎而出。因為實在不想參加說故事比賽，最後我只說：「由於糖尿病無法治癒，幾乎是一輩子都需要接受治療，因此我認為如何在不影響患者的生活下進行療程，是非常重要的。」

說完後，我感覺自己好像打斷大家的交心時刻，面試官給了個很平淡的反應後，就繼續下個階段的小組討論。題目仍然不是財務相關，是一張沙漠中快要餓死的孩童照片，請大家發表意見。

這個時候，我再蠢也大概清楚答題策略了，就是現場說出一番感人肺腑的心得。原本我都想得差不多了，沒想到前面的女生竟然開始哭了起來，說她想到自己的祖先是非洲移民，如果家族沒有到歐洲，或許她也會遭遇照片中孩童的同樣經歷。

這件事我到今天都還記憶猶新，為了素未謀面的祖先而哭泣的橋段，過去還真的沒有在面試的場合遇過，這位同學確定不從政嗎？哭得如此信手拈來，只在一般企業工作，似乎有些大材小用了。

總之，整場面試我都非常狀況外，其他人不知道藥廠是從哪找來的，每個都能說出一段比悲傷更悲傷的故事。原本以為脫離團體面試，到個人面試環節應該會好一點，後來發現我真的是太天真了，個人面試也是一堆情境題，其中一題是要面試者直接指出主管的錯誤，當你跟面試官說自己過去的經驗中，有些主管比較難接受與自己不同的意見，需要用很有技巧的方式，讓對方自己意識到錯誤時，面試官非常堅定地說：「我們公司所有人都很可以包容各種想法，不存在不能接受別人意見的情況。」

上一次看到下屬糾正上司，下屬最後安然無恙並升職加薪，還是在十幾年前的日劇裡。雖然我對於這麼超現實的情節，是否會在日劇以外的職場發生抱著很大的疑問，但畢竟在求職，後來我也就順著他的思考脈絡回答，對方也非常滿意。最後他問我，如果商品有瑕疵該如何處理？我也懶得問他這個瑕疵是否可以彌補，用無比正義的語氣跟他說：「全部報廢，不能在品質上有任何妥協！」

結果面試官滿意到不行，還加碼分享了他之前遇到類似狀況時，即使報廢會造成大量成本，也是用雖千萬人吾往矣的氣勢勇往直前，決定重新製造所有產品，因為他在意的不是錢，而是品質。聽完，我只想把自己的銀行帳號給他，這麼不在意錢，不知道薪水能不能給我？藥的品質固然重要，但遇到問題還是要先考量各種解決方案吧。

三天的面試，我像是戴上了一個藥廠準備好的面具，穿梭在不同的行程中，一刻都不能休息。

即使在吃晚餐時，也會依組別分成不同桌次，每桌都有一位公司派出的考核人員，暗暗觀察所有人的一舉一動；人資部門也總是穿梭在會場，確認大家都是用最熱情及積極的態度參與這次的招募活動。為了不想在任何一個環節被扣分，即使是健康操，也要像東森幼幼台的水果哥哥、昆蟲姊姊們般，朝氣勃勃地伸展跳躍。到後來我實在累到懶得裝了，就決定把這次的招募活動當作免費來丹麥遊玩，能不能被選上就隨緣。

幾年過後，我遇到也曾經參加過這家公司招募的法國同事，對方跟我說：「當時飛到丹麥參加招募時，我一度在想這是不是實境秀啊？公司用攝影機觀察所有人，看有沒有人會在聽到那些蠢到爆的情境題時，直接開罵，叫面試官清醒一點，然後罵完就直接錄取。大家集合跳操那段我也很無語，說老實話，如果真的錄取也很困擾，這間公司感覺就是如果你上班擺臭臉，就會立刻被主管約談。」

事隔那麼多年，回想藥廠的面試經驗，早已經沒有當下那種既錯愕又憤怒的感覺，反而隨著時間的沉澱，多了點理解。說到底，藥廠的測驗就是想看誰更能夠為了適應公司文化而偽裝自己。

然而，這個必要的偽裝，卻讓人感到有些傷感。

其實很多人的個性都是內向或是孤獨的，卻因為工作的關係，必須變成另一個更積極、更活潑，或是更勇敢的自己。即便覺得辛苦或心酸，別人也無法理解，因為你偽裝得越好，別人越不知道你本來是怎樣的人。一切該做的事、該說的話，以及該去的地方都被安排好，你卻覺得沒有朋友，沒有人可以說話，沒有地方可以去。

偽裝到最後，你也忘了自己本來是什麼樣子，漸漸長成了大人的模樣。

職場人生登高賽

你知道這世界上有一種運動比賽叫做「登高賽」嗎？

概念非常簡單，沒有讓人摸不著頭緒的複雜規則，就是在摩天大樓裡面比賽爬樓梯。比賽開始，每個參賽者會戴上計時設備，按照順序，一個個攀爬階梯，最後再按計時成績排名，所以第一個完成比賽的不一定會是冠軍，要等到全部人都走完，才會知道結果。

登高賽的名字非常簡單直接，簡單到可能會讓人心生輕視，因為它甚至不是爬山，僅僅就是登高，但實際上登高賽選手必須承受一般運動四倍的巨大負荷，更常因為大樓的通風問題，造成參賽選手休克。因為要一邊承受身體的壓力，一邊呼吸著稀薄的空氣，不建議年齡超過四十歲的人輕易嘗試。

第一次聽到登高賽，是有位同事將登高賽戲稱為「投行比賽」。

「你不覺得在投資銀行工作就像登高比賽嗎？比一般工作累四倍，工作壓力大到無法呼吸，只建議四十歲以下的人參加。」他笑著說。

聽到他的類比，我不禁開始思考登高賽與我在投行經歷的相似性。老實說，我並不覺得投行的工作會帶來如此龐大的壓力，與登高賽最相似的，反而是攀登的過程；只要一進入投行的世界，就好像踏入那個必須不斷向上攀登的登高賽，會有人在你之下；同樣地，也有很多人在你之上，想擁有更多和不想落於人後的念頭，和諧又衝突地在心中迴繞著，推動著你不斷踏步，直到精疲力竭為止。

職業生涯的前幾年，我如同其他人一般，不斷地踏步。從歐洲投行換到了更大規模的美資投行；從幾億美金規模的案件，到經手幾十億美金規模的指標案件，好像爬得很高了，卻總覺得不夠。因此，我決定往更遠的地方跋涉，來到了資本主義的頂峰——美國紐約。

我在美國工作的地方，是一家非常傳統的精品投行。精品投行跟國際大投行最大的不同，就是精品投行通常只經營特定業務，比如不做借貸、不販賣金融商品，只做併購顧問；或是只專精於某個產業，部門人數也遠低於國際大投行。所以，工作的對象基本上是固定成員，不像在大投行工作一般，當你與某個主管不和，還有機會在下一個專案換另一個主管共事。

精品投行的案件也不像國際投行般，一起床映入眼簾的是做不完的事情，資本市場活躍時，更有種在演《惡靈古堡》的錯覺，成堆的案件如同喪屍一般追著你跑。在精品投行工作比較類似《西遊記》，如果你的老闆是唐僧，人人都想吃一口肉，各種妖魔鬼怪會讓你應接不暇；如果老闆是一般的和尚，想要生活只能天天化緣，把木魚敲破也喝不到一口肉湯。

我當時的大老闆約翰很不巧地就是玄奘本人，特定產業只要有大型併購案，就會請我們公司做顧問。因此，公司裡的人不用特別做什麼，只要張口，就像是被塞了一嘴沾滿人工糖霜的甜甜圈，搭配全脂奶昔，只會撐到吐，不會有吃不飽的情況。

因為所有的案件幾乎都是老闆一個人帶來的，我有種在巨星粉絲俱樂部工作的錯覺，什麼事都圍繞著老闆，他一說話，辦公室裡的同事各種搖旗吶喊，甚至開會報告時還要引用老闆曾經說過的話，不管前後句如何毫不相干，也要用「就如同約翰常說的，沒有不好的併購案，只有不好的價格」做結尾。

既然辦公室全員都是瘋狂粉絲，學偶像說話當然只是基本，最令人崩潰的，是要模仿中年白人男性的飲食習慣。

可能是我鸚鵡學舌做得太爐火純青，讓一眾白人男性注意到了我這個毫不起眼，卻能夠信手捻來，輕鬆說出一嘴約翰至理名言的亞洲青年。某天中午，我竟然應邀加入他們最愛的三明治訂購名單中。

從老闆祕書手上接過三明治時，我只恨自己不是那種什麼都能面不改色塞進嘴裡的白人男性。打開三明治包裝，撲鼻而來的是一股宛如腳臭的怪異味道，據稱那是約翰請廚師用他最愛的起司乳酪，加上從歐洲學來的特殊配方，調製出的祕密醬汁，已有無數人想跟約翰購買這個祕方開店，但他堅定拒絕，因為三明治是約翰送給我們投行員工的珍貴禮物，不能讓外人染指。

自信爆棚的白人男性總是會把別人的客套話當真，身為他的員工也只能為生活張嘴狂吞，事後再用十杯咖啡漱口。久而久之，我漸漸催眠自己，嘴裡吃的不是三明治，而是升職、加薪及獎金。

為了要讓約翰開心，公司裡從上到下，最有興致的就是找任何機會拍約翰馬屁，而其中做得最瘋魔的是我的直屬主管。記得我剛到職時，還沒拿到自己的電腦，主管立刻遞來一張如桌子一般大的卡片，無比認真地對我說：「這是約翰的生日卡片，記得下班前要寫下你想對他說的話。」

雖然實際上是無話可說，但畢竟約翰是行業內家喻戶曉的大人物，隨便寫幾句年輕人的崇拜之語倒也不困難。花了點時間完成之後，我就把卡片還給了主管。原以為這件事會這樣結束，沒想到幾天過後，主管匆匆地召集部門的所有同事，一臉嚴肅地斥責我們：「我發現卡片上的內容品質不佳，請各位更認真看待約翰的生日。」

被叫進辦公室，還以為有什麼大事發生，沒想到竟然是要討論生日卡片。跟約翰不熟的我們，是可以寫出什麼感人肺腑的生日祝福？總之，同事修改了幾次卡片內容，主管還是不滿意，最後只好另闢蹊徑，找來了專業的攝影師，要求每個人錄一段感謝約翰的影片。

是要跟約翰求婚嗎？我很納悶，到底是怎麼生出全員錄影這個想法的？

打工族雖然內心憤懣，還是凌晨五點準時抵達曼哈頓中城的辦公室。頂著晨曦的微光，我言不由衷地對鏡頭說著對約翰的感謝。當然，所有台詞事前都經過主管的確認跟潤飾，內容無比煽情，每一字、每一句基本上就在表達「你是電你是光你是唯一的神話」，彷彿少了約翰就會餐風露宿，餓死在紐約街頭。

沒想到美國的加班，竟然還包括錄生日祝福。

我心裡雖然對愛拍馬屁的主管感到鄙夷，卻可以理解人都需要討好上司，因為上司爽了，職涯肯定就順了。就像我每日中午都要吃那條聞到都要大吐一場的三明治，吃著吃著就被約翰注意到了，一臉讚賞地對我說：

「很少亞洲人可以欣賞高級風味的起司三明治。」

雖然每次吃完都一肚子噁心，聽到起司三明治只想吐他一臉，我還是用職業素養壓下蔓延到喉嚨的胃酸，回答道：「因為我在歐洲念過書，所以剛好喜歡吃這樣的起司。」

從此，就像被他認可了一般，我開始被安排參加重要的會議及工作。

約翰的工作能力非常強，是我職業生涯中遇到最能洞悉市場變化的老闆。因為經歷了好幾場全球經濟的循環起伏，處理事情時帶著從容不迫的淡定，彷彿一切盡在掌握中。遇到難處理的併購案，比起別人畏首畏尾，他會毫不懼怕地一刀劃開，先讓傷口汩汩流血，再靜待結痂癒合。

越趨向權力的核心，越佩服他解決問題的能力；我開始更賣力的工作，約翰也表現出對我的欣賞。漸漸地，他會跳過我的直屬主管，單獨讓我參加會議，或是交辦我工作，甚至有意無意的暗示，我的能力比主管更強。能夠有這樣的待遇，我應該感到無比榮幸，像被巨星叫入演唱會後台同歡般高興，然而我心裡反而有股說不出的怪異感覺；這一切背後，好像存在著更深沉的意義，我卻因為沒有熟悉的事物可以憑藉，所以抓不住當中暗藏的東西。

這種詭異的感覺在某天約翰問我：「你是雙子座對不對？」時達到了高峰。

他帶著讚賞的語氣跟我說：「因為我們處理事情的方式很像，所以我感覺你也是雙子座。」約翰語氣堅定，比起詢問，更像是在把我畫入他的領域當中，因為我跟他是同一個星座，所以我也愛他愛的三明治，更聽得懂他說的話，更值得他信賴；即使我是亞洲人，他是白人，但我是雙子座，所以其他一切差異都不重要了。

「我知道你是雙子座，我從來不會看錯。」看我沒有立刻反應，約翰快速做出了結論。從那一刻起，四月出生的我，就突然變成了雙子座。

莫名其妙被強塞了新的星座後，我帶著微妙又忐忑的心情，繼續埋頭工作，越過主管參加重要專案，每天的午餐，仍是那條怪異風味的起司三明治。就當我認為沒人會再提起星座的事情時，一次會議結束後，約翰的雙眼越過掛在鼻梁上的銀框眼鏡，掃視了一圈會議室的所有人後，像在宣布什麼似的告訴我們：「今天辦公室裡的人，都是雙子座。」

會議室的眾人飛快接住了話題，有些驕傲又奉承地頌揚雙子座的優點，並熱烈討論著公司裡每一位雙子座的同事。坐在會議室角落的我，心裡快速地數了會議室的人數及被點到的名字，只覺得見鬼了，公司裡到底有多少人是雙子座？一股荒誕的想法在心裡浮現，會不會這些人其實都並不是雙子座？

進公司後的種種片段在我腦海裡快速閃過，從隨處可見的偶像崇拜，某天突然收到的起司三明治，開始跳過主管參與會議及專案，到約翰的星座提問……我就像是被一股無形的力量掌控著，不由自主地扮演起全新的角色。吃著不合口味的午餐，與主管暗自較勁，甚至為了符合約翰的某種期待，調整自己的行為及個性。

很久之後我才明白，這是所謂的帝王術：下對上的態度情緒要是崇拜，下與下之間要鬥爭、分化；上對下的賜予，下位者必須做到毫不質疑、面不改色地收下，不管是三明治還是星座，都要照單全收。

我感到非常窒息，好像參加了一場登高賽。

頂著壓力一圈一圈往上攀爬，大樓的鋼筋窗條是一根根牢欄，身邊的亮光像是一雙雙無情又銳利的眼睛，緊盯著你，讓你無法享受這些光芒，每一刻都害怕被人超越或看透。

六年的攀登混雜著血淚與汗水，你終於成為了別人眼裡羨慕的菁英，累積了超過千億的案件規模，吸引了無數的機會向你招手。此時，學生時代的朋友都已成家立業，過著平穩而幸福的生活，而你還是過著每天四杯咖啡、兩小時睡眠的生活。你的眼睛因為長時間緊盯螢幕迷濛又疲憊；滑著手機，看著別人出遊的照片，卻沒時間羨慕。

你知道自己不可以停下，因為當別人的人生已經安頓下來時，你的登高比賽，才剛開始而已。

貴族與農奴

新冠疫情開始後，每隔一段時間就會聽到在頂尖投行或律師事務所工作的朋友，紛紛離職的消息。

離職對投資銀行的員工而言，非常普通且尋常，像是年紀到了，自然而然會跨入青春期；而一進入青春期，就突然覺得看什麼事都不順眼，從公司發的手機是三星而不是iPhone，到辦公室的咖啡豆酸度上升，每樣事都令人惱怒，彷彿一個青春期少年，情緒既不穩定又渴望自由。通常待了兩到三年，這種心情就會準時報到，在下一次發完獎金後，辦公室會立刻少了五分之一的同事，看著空下來的座位，你就知道公司又經歷了一次青春期後的離巢。

不過，這次疫情引發的離職潮，跟過去很不同，投行員工去的地方五花八門，不像以前偶像包袱很重，總覺得小開就要配名模，從投行離開就要去另一家頂尖投行或私募基金，反而很多人去了沒聽過的新創。最跌破眾人眼鏡的是一位高盛小哥，在群組中傳訊息跟大家說想當演員，目前已離職，每天都在視訊上課，學口條和表演。

果然，疫情把人都逼瘋了。雖然以前我們都戲稱他為中環彭于晏，但他難道以為中和金城武跟金城武本人差的只是中和嗎？差的通常都是以中和為起點，繞地球兩圈那麼遠。

總之，菁英開始從投行、MBB（顧問業）、律師事務所撤離也是可以理解，因為這一、兩年的獎金受大環境影響，縮水不少。過去的經濟危機還可以期待中國像救世主般帶領亞洲走出困境，這次中國政府不知道吃錯什麼藥，突然用斷手斷腳的方式整肅科技業，讓人對未來感到無比驚慌。意識到獎金數字大概會像房價一樣永遠回不到過去的水準後，原本願為五斗米折腰，加一點甚至可以下腰爬辦公室兩圈的菁英們，都紛紛意識到護腰的重要性。除了獎金打到骨折外，外資銀行在中國獲利大減，亞洲總部老闆像是喪心病狂，紛紛在定期晨會上逼迫其他市場的員工把洞補上，聽了就一肚子火，我們看起來像女媧嗎？這麼大的洞誰補得上？既然是凡人還是回歸凡人的世界，造人補天的任務就留給老屁股們去擔憂。

不過，聽別人談離職，我有種心有餘悸般的恐懼。

投行的工作並不穩定，在越大的美國銀行工作，被解雇的機率就越高，因為美國人比歐洲人更崇尚功利主義，寧願錯殺一千，也不願放過一個無能者；甚至不需要讓公司虧錢，只要你賺的錢比起別人少了，某天就可能會收到週一早上九點的會議通知。人資先告知解雇這個結果，再請你交回電腦、門禁卡、公司手機後，立刻離開辦公大樓，任何私人物品都不准拿，也別想跟任何人道別，像犯人般被警衛一路護送出公司大門。

即使在日本這種沒有解雇員工文化的地方，投資銀行也有方式讓人像被解雇般，毫無尊嚴的離開。

日本人最在意的就是面子，尤其是在投資銀行工作的菁英，每個人都習慣體面地活著，而公司也精準地掌握住日本人的人格特質，當公司決定把某位員工趕出公司時，會先把他的座位換到最差的位子，通常那個位子會是平常用來放置雜物的桌子，上面除了放信封、文具和每年要送客戶的禮物外，還有投行用來製作給客戶簡報需要用到的打洞機、膠圈和大型裝訂機。基本上，桌子沒有給人辦公的空間，在那裡工作，就像置身在垃圾堆一般。辦公室裡的祕書及打掃阿姨也會在接收到要逼退某位員工離開的訊息後，停止幫那個人安排會議、搜集發票報帳、倒咖啡，以及打掃他的工作空間。

雖然這些事情在一般公司都是員工自行處理，但在投行工作的員工早已習慣雜事會有人處理好，根本沒人知道要怎麼報帳，更不知道出差時公司配合的旅行社要如何聯繫。當然，這些瑣事都可以自己慢慢學著處理，然而那種被人輕視加上處處矮人一截的羞辱，卻讓日本人無法忍受。尤其公司會確保這個狀況讓所有人都清楚知道，通常一段時間後，臉皮再厚的日本人都會感到無地自容，屈服於公司精心安排的職場冷暴力，而選擇自行離職。

因為曾經以旁觀者的角色親身目睹過別人離開公司的狼狽，即便知道「三年不如一跳」，隨便換一家公司的薪資成長幅度都能抵過在公司賣命好幾年，我還是對提離職這件事感到異常地不安，總是擔憂換到下家公司後，也會重演他人倉皇離開的命運。

記得第一次提離職的時候，我簡直不知如何開口，醞釀的每分每秒都懷抱著像是偷東西的不安，彷彿一說出口就會被抓進警局，忐忑之中夾雜著愧疚感；除了擔憂未來的不確定外，更多的是擔心會影響到其他同事。現在回想起來，真的把自己想得太重要了，沒有人是不可取代，就算辦公室一時有點激盪，也會很快恢復平靜。

說要走人的時候，老闆問我是不是差在錢，他下個月就可以幫我加薪。聽完我只是好奇，為什麼老闆們說話總是那麼令人發火呢？平常整天跟我喊窮，一說離職就立刻預算充足，我人生差你這點錢嗎？我人生差的是李嘉誠和郭台銘這兩個金主爸爸。

當時會想離開，主要是某天閱讀一本書的時候，裡面提到一戰前歐洲貴族的生活，讀著讀著，我突然經歷了一場頓悟：貴族跟一般有錢人差得最多的，不是金錢，是時間；貴族比一般人多出自由安排時間的權力，可以隨意的旅行，參與社交活動，以及培養休閒愛好。看完才發現，我這一路上夙夜匪懈，為了工作把所有時間榨到不能再更乾，活成勞動模範的行為，其實貼近的竟然不是貴族的生活，而是佃農。

「佃農被束縛在土地上，未經地主允許不得離開土地……」

讀到這段心裡震驚不已，完全是我的工作寫照。未經允許不得離開工作，買咖啡時甚至不敢細看新來的咖啡豆有什麼，或跟新來的可愛店員聊天；點完美式咖啡後就要飛奔回座位。即便在深山裡度假還要在樹林中遊蕩半小時，尋找訊號最佳的地方滑手機，生怕漏接任何一封郵件，真是無比盡責，堪稱佃農之光。

領悟到自己誤把佃農當貴族後，當然無法再繼續提供宛如中古世紀農奴的周到服務；從一個日出做到另一個日出，東西改個一百遍，再聽主管跟我說：「好像還是第一版本比較好，用原本的好了。」我的媽啊，香港的古惑仔到底要怎麼聯繫？請速速來中環，價格好談，只求讓這些老闆學會如何當個正常人。

暗自決定要脫離封建制度下的莊園生活後，我的身心豁然開朗。還記得剛入行時專案結束，大老闆帶我們搭遊艇遊維多利亞港，手拿香檳迎向海風，覺得自己就像電影《華爾街之狼》裡的李奧納多。現在仔細思考，果然睡眠不足會導致判斷力下降，搭遊艇喝香檳，這不是平常就可以做的事嗎？沒人規定要每週先工作八十小時，才能上船吹兩個小時海風吧。

想想，除了投行之外，有很多瘋狂加班的公司，都會提供一些如免費咖啡、零食水果、交通補助，以為是多好的福利，其實都是企業用最低的成本，讓年輕人放棄興趣和夢想的手段。一開始還會覺得有點不對勁，自己一路上這麼努力，實在不該過得這麼辛苦，但最後還是會在委屈的情緒中，恍惚地接受了命運。

果然，成長就是要遠離那些讓你越想越不對勁的事物。

離開公司前，一直跟我競爭激烈，總是想跟我搶大專案和功勞的香港人同事，帶著一種似笑非笑的臉來與我道別。他嘴巴上表達著惋惜，然而口氣中不時竄出的喜悅出賣了他，讓我感受到了他的開心。

回想最初遇到他時曾經一起吃飯，他跟很多在香港工作的人一樣，願意用生活品質換取更好的職業生涯。我問他怎麼有辦法完全不休假，拚命工作，他帶著驕傲的神情跟我說：「只要是為了工作，生活品質打折也沒差。」當時聽完不覺得怎樣，相處了一陣子才發現，他是為了工作毫無下限的人，所以漸漸地對他敬而遠之。

現在看著他因為我離開，言談中散發出贏家的姿態，掩飾不住興奮，和小人得志般驕傲自滿的神情，突然有股衝動想叫他不要再跟我比了，因為我們從來都不是同一種人。

這世界上有那種為了利益可以隨便打折的人，除了生活品質打折，表現出加班比誰都加得猛，還會人品打折，說謊搶專案、收費打折搶客戶，總之，只要能夠把自己賣出去，沒有什麼折是不敢打的。

然而，也有另一種人，他們想要的東西不會靠妥協或是卑鄙的方式得到，雖然結果不會總是如人所願，但還是會像對待奢侈品一樣：

如果賣不出去，寧願全部銷毀，也絕不打折。

人生顧問 516

離開舒適圈之後，抵達成熟之前：一場奇幻的海外職場大冒險

作者 Jeff C.
責任編輯 龔橞甄
校對 劉素芬
封面設計 王瓊瑤
內頁排版 顧力榮

總編輯 龔橞甄
董事長 趙政岷
出版者 時報文化出版企業股份有限公司
108019 臺北市和平西路三段二四〇號四樓
發行專線 02-2306-6842
讀者服務專線 0800-231-705．02-2304-7103
讀者服務傳真 02-2304-6858
郵撥 19344724 時報文化出版公司
信箱 10899 臺北華江橋郵局第99信箱

時報悅讀網 www.readingtimes.com.tw
法律顧問 理律法律事務所 陳長文律師、李念祖律師
印刷 家佑印刷有限公司
初版一刷 二〇二四年四月十九日
初版四刷 二〇二四年七月二日
定價 新台幣三八〇元
（缺頁或破損的書，請寄回更換）

時報文化出版公司成立於一九七五年，
並於一九九九年股票上櫃公開發行，於二〇〇八年脫離中時集團非屬旺中，
以「尊重智慧與創意的文化事業」為信念。

離開舒適圈之後，抵達成熟之前：一場奇幻的海外職場大冒險 /Jeff C. 著. -- 初版. -- 臺北市：時報文化出版企業股份有限公司, 2024.04
面； 公分. -- (人生顧問；516)
ISBN 978-626-396-026-8(平裝)

863.55 113002582

ISBN 978-626-396-026-8
Printed in Taiwan